D0731451

BESTSELLER

David Foenkinos nació en París en 1974. Licenciado en letras por la Universidad de la Sorbona, recibió también una sólida formación como músico de jazz. Entre sus novelas, acogidas con entusiasmo por los lectores y la crítica en todo el mundo, destacan *El potencial erótico de mi mujer* (Premio Roger-Nimier 2004), *En caso de felicidad* (2004), *Los recuerdos* (2011), *Estoy mucho mejor* (2013), *Lennon* (2010), *Charlotte* (premios Renaudot y Goncourt des Lycéens 2015) y *La biblioteca de los libros rechazados* (2016). Sin embargo, de entre todas ellas fue *La delicadeza* (2009) la que catapultó el autor a la fama. Merecedora de diez galardones, entre ellos el de los Lectores de Le Télégramme, el An Avel o el 7ème Art, también fue finalista de los premios literarios más prestigiosos en Francia, como el Goncourt, el Renaudot, el Médicis, el Femina o el Interallié, y posteriormente fue llevada al cine por el propio autor y su hermano Stéphane.

Puedes seguir a David Foenkinos en Twitter:
@DavidFoenkinos

DAVID FOENKINOS

La biblioteca de los libros rechazados

Traducción de
María Teresa Gallego Urrutia
y **Amaya García Gallego**

DEBOLS!LLO

Papel certificado por el Forest Stewardship Council®

Título original: *Le Mystère Henri Pick*

Primera edición en Debolsillo: marzo de 2018

© 2016, David Foenkinos
© 2017, 2018, Penguin Random House Grupo Editorial, S. A. U.
Travessera de Gràcia, 47-49. 08021 Barcelona
© 2017, María Teresa Gallego Urrutia y Amaya García Gallego, por la traducción

Printed in Spain – Impreso en España

ISBN: 978-84-663-4328-2
Depósito legal: B-303-2018

Impreso en Black Print CPI Ibérica
Sant Andreu de la Barca (Barcelona)

P 3 4 3 2 8 2

Penguin
Random House
Grupo Editorial

«Esta biblioteca es peligrosa.»

Ernst Cassirer,
en referencia a la biblioteca Warburg

Primera parte

1.

En 1971, el escritor norteamericano Richard Brautigan publicó *The Abortion**. Se trata de una intriga amorosa bastante peculiar entre un bibliotecario y una joven de cuerpo espectacular. Un cuerpo del que esta es víctima, por decirlo de alguna manera, como si la belleza estuviera maldita. Vida, que así se llama la protagonista, cuenta que un hombre se mató al volante por culpa suya; subyugado por aquella transeúnte pasmosa, sencillamente se olvidó de que iba conduciendo. Tras el batacazo, la joven echó a correr hacia el coche. Al conductor, ensangrentado y agonizante, solo le dio tiempo a decir, antes de morir: «Qué guapa es usted, señorita».

A decir verdad, la historia de Vida nos interesa menos que la del bibliotecario. Pues en él reside la peculiaridad de esta novela. El protagonista trabaja en una biblioteca que acepta todos los libros que han rechazado las editoriales. Se puede uno encontrar allí, por ejemplo, con un hombre que ha acudido a dejar un manuscrito tras haber padecido cientos de rechazos. Y de esa forma se van juntando ante los ojos del narrador libros de todo tipo. Se puede dar allí tanto con un

---

* Una novela cuyo subtítulo es *An Historical Romance 1966*. (Salvo indicación contraria, las notas son del autor.)

ensayo como *El cultivo de las flores a la luz de las velas en una habitación de hotel* cuanto con un libro de cocina que recoge todas las recetas de los platos que aparecen en la obra de Dostoievski. Una gran ventaja de esta organización: es el autor quien elige el lugar que quiere en los estantes. Puede deambular entre las páginas de sus colegas malditos antes de localizar el sitio que le corresponde en esa forma de antiposteridad. En cambio, no se acepta ningún manuscrito que llegue por correo. Hay que ir en persona a dejar la obra que no ha querido nadie, como si esa acción simbolizara la voluntad postrera de abandonarla definitivamente.

Algunos años después, en 1984, el autor de *The Abortion* puso fin a sus días en Bolinas (California). Volveremos a hablar de la vida de Brautigan y de las circunstancias que lo condujeron al suicidio, pero, por ahora, quedémonos con esta biblioteca fruto de su imaginería. Muy a principios de la década de 1990, aquella idea suya tomó cuerpo. Un apasionado lector creó, para rendirle homenaje, la «biblioteca de los libros rechazados». Así fue como nació la Brautigan Library, que da acogida a todos los libros huérfanos de editorial que vieron la luz en los Estados Unidos. En la actualidad se halla en Vancouver*, en el estado de Washington. La iniciativa de este entusiasta partidario suyo seguramente habría emocionado a Brautigan, pero ¿conocemos alguna vez de verdad los sentimientos de un muerto? Cuando se creó la biblioteca, la información fue pasando por muchos periódicos, y también se la mencionó en Fran-

---

* En internet se encuentra fácilmente información acerca de las actividades de esa biblioteca en la página web www.thebrautiganlibrary.org.

cia. El bibliotecario de Crozon, en Bretaña, sintió deseos de hacer otro tanto. En octubre de 1992, concibió de este modo la versión francesa de la biblioteca de los libros rechazados.

2.

Jean-Pierre Gourvec estaba orgulloso del letrerito que podía leerse en la entrada de su biblioteca. Un aforismo de Cioran, irónico para un hombre que no había salido nunca, como quien dice, de su Bretaña natal:

«París es el lugar ideal para fracasar en la vida.»

Era de esos hombres que prefieren la patria chica a la Patria, sin convertirse por eso en nacionalistas histéricos. Su apariencia se prestaba a presagiar lo contrario: tan largo y flaco, con las venas del cuello hinchadas y una intensa pigmentación rojiza, podía suponerse en el acto que la suya era la geografía física de un temperamento irascible. Pero tal cosa no era ni mucho menos cierta. Gourvec era una persona reflexiva y sensata para quien las palabras tenían sentido y destino. Bastaba con pasar pocos minutos en su compañía para dejar atrás esa primera y errónea impresión; aquel hombre daba la sensación de ser capaz de contemporizar consigo mismo.

Fue, pues, él quien modificó la disposición de sus estantes para dejarles sitio, al fondo de la biblioteca municipal, a todos los manuscritos que soñaban con encontrar un refugio. Un revuelo que le trajo a la memoria a Jorge Luis Borges, que dice que coger y dejar un libro en una biblioteca es cansar a los estantes. Hoy se han debido de quedar agotados, pensó Gourvec, sonriendo. Tenía un sentido del humor de erudito y más aún: de erudito solitario. Así era como se veía él, y era algo que se acercaba mucho a la verdad. Gourvec contaba con una dosis mínima de sociabilidad; no solía reírse de lo mismo que se reían los lugareños, pero sabía imponerse la obligación de escuchar un chiste. Iba incluso de vez en cuando a tomarse una cerveza a la taberna que había al final de la calle y a charlar de todo un poco con otros hombres: tan poco que es como si no fuera nada, pensaba; y en esos trascendentales momentos de exaltación colectiva era capaz de avenirse a una partida de cartas. No lo molestaba que pudieran tomarlo por un hombre como los demás.

Se sabía bastante poco de su vida, salvo que vivía solo. Había estado casado en la década de 1950, pero nadie sabía por qué su mujer lo había dejado al cabo de pocas semanas. Decían que la había conocido a través de un anuncio por palabras: se habían estado escribiendo mucho tiempo antes de conocerse en persona. ¿Era esa la razón de que el matrimonio hubiera fracasado? Gourvec era posiblemente el tipo de hombre cuyas declaraciones ardientes agradaba leer, por quien una era capaz de dejarlo todo, pero la realidad que estaba detrás de la belleza de las palabras era muy decepcionante. Otras malas lenguas habían andado cuchicheando por entonces que si su mujer se marchó tan pronto, fue porque él era impotente. Teoría que probablemente no era muy atinada, pero cuando la gente se encuentra con una psicología compleja, le gusta afianzarse en las cosas básicas. Así que, en lo tocante a ese episodio sentimental, el misterio seguía sin dilucidar.

Después de que se marchara su mujer, nadie supo de ninguna relación duradera, y no tuvo hijos. Resultaba difícil saber cuál había sido su vida sexual. No era imposible imaginárselo como amante de mujeres mal atendidas, con las Emma Bovary de su época. Algunas debían de haber buscado por los estantes algo más que satisfacer una ensoñación novelesca. Junto a ese hombre, que sabía escuchar puesto que sabía leer, era posible evadirse de una vida de autómata. Pero no hay prueba alguna de todo eso. Algo sí que es cierto: el entusiasmo y la pasión de Gourvec por su biblioteca nunca fueron a menos. Recibía con una atención específica a todos los lectores, esforzándose por estar al tanto y crearles un itinerario personal entre los libros expuestos. Según él, de lo que se trataba no era de que nos guste leer o nos deje de gustar, sino más bien de saber cómo hallar el libro que nos corresponde. A todo el mundo le puede encantar leer si se cumple la condición de tener en las manos la novela adecuada, la que nos va a gustar, la que nos va a decir algo y que no podremos soltar. Para lograr ese objetivo había desarrollado, pues, un sistema que casi podía parecer paranormal: al mirar en detalle la apariencia física de un lector era capaz de deducir qué escritor necesitaba.

La incesante energía que empleaba para tener una biblioteca dinámica lo obligó a ampliarla. Fue, desde su punto de vista, un triunfo gigantesco, como si los libros formasen un ejército cada vez más encanijado en el que todos y cada uno de los puntos de resistencia contra una desaparición programada cobrasen el sabor de una revolución intensa. El ayuntamiento de Crozon llegó incluso a aceptar que contratase a una ayudante. Puso, pues, un anuncio para la selección. A Gourvec le gustaba elegir los libros de los pedidos que hacía, organizar los estantes y dedicarse a otras muchas actividades, pero pensar en tomar una decisión que afectara a un *ser humano* lo aterraba. Sin embargo, soñaba con encontrar a alguien que fuese como un cómplice literario: una persona con quien pudiera intercambiar opiniones durante horas acerca del uso de los puntos suspensivos en la obra de Céline o mirar con lupa los motivos por los que se suicidó Thomas Bernhard. Un único obstáculo se oponía a esa ambición: sabía perfectamente que sería incapaz de decirle que no a alguien. Así que el asunto iba a ser muy sencillo. Contrataría a la primera persona que llegase. Así fue como Magali Croze se incorporó a la biblioteca pertrechada con esa virtud indiscutible: la rapidez en responder a una oferta de trabajo.

3.

A Magali no es que le gustase especialmente leer*; pero, como era madre de dos niños de corta edad, ne-

---

* Cuando le puso la vista encima por primera vez, Gourvec pensó en el acto: tiene pinta de gustarle *El amante* de Marguerite Duras.

cesitaba encontrar trabajo enseguida. Más que nada porque su marido solo tenía un empleo de media jornada en los talleres de la Renault. Cada vez se fabricaban menos coches en Francia, y en aquel inicio de la década de 1990 la crisis se estaba instalando para quedarse. En el momento de firmar el contrato, Magali se acordó de las manos de su marido, de esas manos siempre sucias de grasa. Mientras se pasase todo el día manejando libros, ese era un inconveniente al que ella no tendría que arriesgarse. Iba a resultar una diferencia fundamental: en lo que a las manos se refería, cada cónyuge estaba tomando una dirección diametralmente opuesta.

En definitiva, a Gourvec le pareció bien trabajar con alguien para quien los libros no eran algo sagrado. Es posible llevarse bien con un compañero de trabajo sin necesidad de hablar de literatura alemana una mañana tras otra, reconoció. Él se ocupaba de asesorar a los usuarios y ella se hacía cargo de la logística; el dúo resultó perfectamente equilibrado. Magali no era de las que cuestionan las iniciativas del jefe, pero no pudo, sin embargo, por menos de expresar sus dudas en lo referido al asunto aquel de los libros rechazados.

—Pero ¿qué interés tiene almacenar unos libros que no quiere nadie?

—Es una idea americana.

—¿Y qué?

—Es en homenaje a Brautigan.

—¿Quién?

—Brautigan. ¿No ha leído *Un detective en Babilonia*?

—No. Pero da igual, es una idea muy rara. Y además, ¿de verdad quiere que vengan a dejar los libros aquí? Vamos a cargar con todos los psicópatas de la zona. Los escritores están fatal de la cabeza, todo el mundo lo sabe. Y los que no publican deben de ser peores aún.

—Por fin encontrarán un lugar. Considérelo como una obra de caridad.

—Ya lo entiendo: quiere que sea la Madre Teresa de los fracasados.

—Justo. Eso es más o menos.

—...

Magali fue aceptando poco a poco que podía ser una idea bonita e intentó organizar la aventura con buena voluntad. Por entones, Jean-Pierre Gourvec puso un anuncio en las revistas especializadas, particularmente en *Lire* y en *Le Magazine littéraire*. Un anuncio que proponía a cualquier escritor que deseara depositar su manuscrito en aquella biblioteca de los libros rechazados que fuera a Crozon. La idea agradó en el acto y muchas personas hicieron el viaje. Algunos escritores se cruzaban toda Francia para ir a quitarse de encima el fruto de su fracaso. Podía emparentarse el viaje con un camino místico, la versión literaria del de Santiago. Tenía un gran valor simbólico aquello de recorrer cientos de kilómetros para acabar con la frustración de que no lo publicaran a uno. Era un camino hacia la supresión de las palabras. Y quizá tenía aún mayor fuerza en aquel departamento francés donde se hallaba Crozon: Finisterre, el fin de la Tierra.

4.

En unos diez años, la biblioteca acabó por albergar cerca de mil manuscritos. Jean-Pierre Gourvec se pasaba la vida observándolos y lo fascinaba la fuerza de aquel tesoro inútil. En 2003, cayó gravemente enfermo y estuvo hospitalizado en Brest mucho tiempo. Desde su punto de vista, fue un padecimiento doble: le importaba menos su estado que el hecho de no estar ya con sus libros. Desde la habitación del hospital siguió dándole directrices a Magali y no dejó de estar al acecho de la actualidad literaria para saber qué libro encargar. No debía faltar nada. Ponía sus últimas fuerzas en lo que siempre le había valido de impulso. La biblioteca de los libros rechazados no parecía interesar ya a nadie, y eso lo apenaba. Tras la excitación de los primeros tiempos, el proyecto sobrevivía, más o menos, gracias al boca a oído. En los Estados Unidos, también la Brautigan Library empezaba a hacer agua. Ya nadie quería dar acogida a aquellos libros rechazados.

Gourvec regresó muy flaco. No había que ser adivino para darse cuenta de que no le quedaba ya mucho tiempo de vida. A los vecinos de la ciudad, con algo parecido a una reacción bondadosa, les entró de pronto un deseo irreprimible de sacar libros de la biblioteca. Magali había fomentado aquel nerviosismo libresco artificial al comprender que era lo que le proporcionaría las últimas dichas a Jean-Pierre. La enfermedad lo había debilitado y no reparó en que esa afluencia repentina de lectores no podía ser natural. Antes bien, aceptó el convencimiento de que su trabajo de toda la vida al fin daba fruto. Iba a marcharse acunado por esa tremenda satisfacción.

Magali pidió también a varios conocidos suyos que escribieran deprisa y corriendo una novela para proveer los estantes de libros rechazados. E incluso le insistió a su madre.

—Pero ¡si yo no sé escribir!

—Pues precisamente por eso. Ha llegado el momento. Cuenta tus recuerdos.

—No me acuerdo de nada y hago montones de faltas.

—Eso importa un bledo, mamá. Necesitamos libros. Hasta la lista de la compra vale.

—¿Ah, sí? ¿Tú crees que puede resultar interesante?

—…

Al final, su madre prefirió copiar la guía telefónica.

El escribir libros cuyo objetivo era directamente que los rechazasen equivalía a alejarse del proyecto inicial; pero daba lo mismo. Los ocho textos que consiguió Magali en pocos días hicieron feliz a Jean-Pierre. Vio en ello un leve estremecimiento, una señal de que nada estaba perdido. No iba a poder presenciar por mucho tiempo los progresos de la biblioteca, así que le hizo prometer a Magali que, al menos, conservaría los libros que se habían ido acumulando en todos esos años.

—Se lo prometo, Jean-Pierre.

—Esos escritores han depositado en nosotros su confianza…, no podemos traicionarlos.

—Estaré pendiente. Aquí estarán protegidos. Siempre habrá un sitio para aquellos de quienes nadie quiere saber nada.

—Se lo agradezco.

—Jean-Pierre...

—¿Sí?

—Quería darle las gracias...

—¿Por qué?

—Por haberme regalado *El amante*..., es tan bonito.

—...

Gourvec le cogió la mano y se quedó así un buen rato. Pocos minutos después, sola en el coche, Magali se echó a llorar.

*

A la semana siguiente, Jean-Pierre murió en su cama. Se habló de aquella figura tan entrañable que todo el mundo iba a echar de menos. Pero a la breve ceremonia del cementerio fue poca gente. ¿Qué iba a quedar a la postre de aquel hombre? En un día como aquel a lo mejor era posible entender ese empeño encarnizado que había puesto en crear la biblioteca de los libros rechazados. Era una tumba contra el olvido. Nadie iría a meditar sobre su tumba, de la misma forma que nadie iría a leer los manuscritos rechazados.

*

Magali mantuvo por supuesto la promesa de conservar los libros que ya tenían, pero no disponía de tiempo para seguir adelante con el proyecto. El ayuntamiento llevaba unos meses intentando ahorrar de donde fuera; especialmente en todo cuanto tuviera que ver con la cultura. Tras la muerte de Gourvec pasó a ser la encargada de la biblioteca y no le dieron permiso para buscar quien la sustituyera a ella. Se quedó sola. Los estantes del fondo se descuidarían poco a poco y el polvo iría cubriendo esas palabras sin destinatario. La propia Magali, acaparada por su tarea, no se acordaría de ellos sino de tarde en tarde. ¿Cómo iba a imaginarse que aquel asunto de los libros rechazados le iba a poner la existencia patas arriba?

Segunda parte

1.

Delphine Despero llevaba viviendo en París casi diez años por exigencias de su vida profesional, pero nunca había dejado de sentirse bretona. Parecía más alta de lo que era en realidad, y no se debía a unos tacones de aguja. Resulta difícil explicar cómo hay personas que consiguen parecer de mayor estatura; ¿se deberá a la ambición, al cariño recibido en la infancia, a la certidumbre de un porvenir radiante? Un poco de cada, quizá. Delphine era una mujer a quien apetecía escuchar y seguir, de un carisma que nunca resultaba agresivo. Hija de una profesora de Letras, había nacido en la literatura. Se había pasado, pues, la infancia escudriñando los trabajos de los alumnos de su madre, fascinada con la tinta roja de las correcciones; examinaba atentamente las faltas y los giros torpes y memorizaba para siempre lo que no había que hacer.

Tras acabar el bachillerato, se fue a estudiar Letras a Rennes, pero lo que menos quería era ser profesora. Su sueño era trabajar en el mundo de la edición. En verano, se las apañaba para estar de becaria en editoriales o hacer cualquier otro trabajo que le permitiera empezar a introducirse en los ambientes literarios. Había aceptado muy pronto que no se sentía capaz de escribir; no le producía frustración alguna y no quería sino una cosa: trabajar con escritores. Nunca se le olvidaría el escalofrío que había notado al ver a Michel Houellebecq por primera vez. Estaba por entonces de becaria en la editorial Fayard, donde el escritor había publicado *La posibilidad de una isla*. Se había detenido un instante frente a ella; no para mirarla, en realidad, sino más bien digamos que para olerla. Ella balbució un *hola* que no tuvo respuesta y aquello le pareció la más extraordinaria de las conversaciones.

El fin de semana siguiente, de vuelta a casa de sus padres, fue capaz de pasarse una hora hablando de aquel momentito de nada. Admiraba a Houellebecq y *su sentido inaudito de la novela*. Le cansaba oír tantas polémicas sobre él; nunca sacaba nadie a relucir lo suficiente su lengua, su desesperación, su sentido del humor. Hablaba de él como si se conocieran de toda la vida, como si el simple hecho de haberse cruzado con él por un pasillo le permitiese comprender su obra mejor que cualquier otra persona. Se exaltaba, y sus padres la miraban divertidos; en el fondo, la educación que le habían dado había consistido en hacer todo lo posible para que su hija se entusiasmara, se interesara, se maravillara; en ese sentido, la verdad es que había sido un auténtico éxito. Delphine había desarrollado una capacidad para notar las pulsiones internas que dotaban de vida a un texto. En opinión de todos quienes la conocieron por entonces, le esperaba un porvenir espléndido.

Tras un período de prácticas editoriales en Grasset, la contrataron como editora *junior*. Era excepcionalmente joven para aquel cometido, pero todo éxito es el fruto de un momento propicio; había aparecido por la editorial en una temporada en que la dirección quería rejuvenecer y feminizar la plantilla. Le encomendaron varios autores, no de los más importantes, hay que reconocerlo, pero a ellos les gustó tener una editora joven dispuesta a dedicarles todas sus energías. También era la encargada, cuando le sobraba algo de tiempo, de echarles una ojeada a los manuscritos que llegaban por correo. Fue ella quien propició que se publicara la primera novela de Laurent Binet, *HHhH,* un libro extraordinario sobre el miembro de las SS Reinhard Heydrich. Cuando se topó con aquel texto se fue corriendo a ver a Olivier Nora, director de la editorial Grasset, para rogarle que lo leyera enseguida. Aquel entusiasmo suyo dio fruto. Binet firmó con Grasset inmediatamente antes de que Gallimard le hiciera también una oferta. Pocos meses después, el libro obtuvo el premio Goncourt a la primera novela y Delphine Despero consiguió un puesto importante en la editorial.

2.

Pocas semanas después tuvo otra corazonada al descubrir la primera novela de un escritor joven, Frédéric Koskas. *La bañera* era la historia de un adolescente que se niega a salir del cuarto de baño y decide vivir en la bañera. Delphine nunca había leído un libro así, que iba a lomos de una forma de escribir alegre a la par que melancólica. No le costó convencer al comité de lectura de que se apuntase a aquella certidumbre. Ese manuscrito, al leerlo, podría recordar a *Oblómov* de Goncharov o a *El barón rampante* de Calvino, pero esa estética de rechazo del mundo tenía una dimensión contemporánea. La principal diferencia residía en esta constatación: con las imágenes llegadas de los cinco continentes, las informaciones en bucle y las redes sociales, todos los adolescentes pueden, en potencia, saberlo todo de la vida. ¿Qué interés tenía, pues, salir de casa? Delphine podía pasarse horas hablando de esa novela. Koskas le pareció en el acto un genio en potencia. Era una expresión que muy pocas veces empleaba pese a su propensión al entusiasmo. Cierto es que hay que especificar un detalle: había sucumbido inmediatamente al encanto del autor de *La bañera*.

Antes de firmar el contrato, se habían visto varias veces, primero en Grasset, luego en un café y, finalmente, en el bar de un gran hotel. Juntos hablaban de la novela y de las condiciones del lanzamiento. A Koskas se le aceleraba el corazón al pensar que pronto iban a publicarlo; su sueño absoluto era ver su nombre en la portada de un libro. Tenía el convencimiento de que entonces podría empezar su vida. Sin su nombre vinculado a una novela, siempre había pensado que sería para siempre un ser flotante y algo así como sin raíces. Comentaba sus influencias con Delphine, que tenía una extensa cultura literaria. Se contaban mutuamente lo que les gustaba, pero la conversación nunca derivaba hacia las cuestiones íntimas. La editora se moría de ganas de saber si había una mujer en la vida de su nuevo escritor, pero nunca se habría permitido preguntárselo. Intentaba, dando rodeos, conseguir esa información, pero en vano. Por fin, fue Frédéric quien se atrevió:

—¿Puedo hacerle una pregunta personal?

—Hágala, por favor.

—¿Tiene usted novio?

—¿Quiere que le sea sincera?

—Sí.

—No, no tengo novio.

—¿Cómo es posible?

—Porque lo estaba esperando a usted —contestó de golpe Delphine, quien se sorprendió de su propia espontaneidad.

Quiso dar marcha atrás en el acto y decir que era una respuesta ingeniosa, pero sabía perfectamente que había hablado con convicción. Nadie habría podido dudar de la sinceridad de sus palabras. Desde luego que Frédéric había contribuido a que ese diálogo de seducción tomase esos derroteros al responder: «¿Cómo es posible?». En una respuesta así se sobreentendía que ella le gustaba, ¿no? Delphine seguía apurada, al tiempo que reconocía cada vez más que lo que había dicho se lo había dictado la verdad. Una forma de verdad pura y, por lo tanto, incontrolable. Sí, siempre había querido un hombre como él. Física e intelectualmente. Hay quien dice que un flechazo consiste en reconocer un sentimiento que ya llevábamos dentro. Desde el primer encuentro, Delphine había notado esa turbación, esa sensación de conocer ya a aquel hombre y quizá incluso de haberlo entrevisto en sueños de cariz premonitorio.

Frédéric, que no se lo esperaba, no supo qué contestar. Delphine le había parecido *completamente* sincera. Cuando decía cosas lisonjeras de su novela, siempre podía notar una pizca de exageración. Como si la profesionalidad la obligara a mostrarse animosa, suponía él. Pero en esto el tono sonaba a primer grado. Tenía que decir algo, y de sus palabras iba a depender el destino de su relación. ¿Lo que le apetecía no era mantenerla a distancia? Concentrarse solo en las interacciones que tuvieran que ver con esa novela suya y las siguientes. Pero había un vínculo entre ambos. No podía dejarlo frío aquella mujer que lo entendía tan bien, aquella mujer que le estaba cambiando el curso de la vida. Perdido en el dédalo de sus reflexiones, obligó a Delphine a tomar la palabra de nuevo.

—Aunque la atracción no sea mutua, publicaré su novela con el mismo entusiasmo, como puede imaginar.

—Gracias por aclarármelo.

—No faltaría más.

—Vamos a suponer, entonces, que somos pareja —siguió diciendo Frédéric con tono súbitamente regocijado.

—Supongámoslo...

—Si resulta que nos separamos, ¿qué pasaría?

—Pues sí que es pesimista. Aún no ha pasado nada y ya está hablando de ruptura.

—Solo quiero que me conteste: si algún día ya no me aguantara más, ¿enviaría a papelote todos los ejemplares de mi libro?

—Sí, claro. Tendrá que arriesgarse.

—...

Sonrió, mirándola fijamente, y con esa mirada empezó todo.

3.

Salieron del bar para andar por París. Se convirtieron en turistas en su propia ciudad, perdiéndose, vagabundeando, pero pese a todo acabaron por llegar a casa de Delphine. Tenía alquilado un apartamento cerca de Montmartre, en un barrio del que no se sabría decir si es popular o de clase media. Subieron las escaleras hasta el segundo piso: un preliminar. Frédéric le miraba las piernas a Delphine, quien, sabiéndose observada, iba despacio. Ya en el apartamento, fueron hasta la cama y se tendieron en ella sin el mínimo frenesí, como si el deseo más intenso pudiera desembocar en una calma no menos excitante. Poco después, hicieron el amor. Y luego se quedaron mucho rato muy pegados el uno al otro, sobrecogidos por lo extraña que resultaba de repente aquella intimidad absoluta con alguien que, pocas horas antes, era todavía un extraño. La mutación era rápida, la mutación era hermosa. El cuerpo de Delphine había hallado el destino tan perseguido. Frédéric se notaba por fin apaciguado; se le iba colmando una carencia no identificada hasta el momento. Y ambos sabían que eso que estaban viviendo no sucedía nunca. O sucedía a veces en la vida de los demás.

En plena noche, Delphine encendió la luz:
—Ya es hora de que hablemos de tu contrato.
—Ah..., así que esto era para negociar...
— Pues claro. Me acuesto con todos mis escritores antes de firmar. Así es más fácil quedarse con los derechos audiovisuales.
—...

—¿Y bien?

—Los cedo. Lo cedo todo.

4.

Desgraciadamente, *La bañera* fue un fracaso. Y puede decirse incluso que «fracaso» es una palabra excesiva. ¿Qué puede esperarse cuando se publica una novela? Pese a los esfuerzos de Delphine Despero, que puso en marcha todos sus contactos en los periódicos, los pocos artículos elogiosos acerca del *hálito novelesco de este talento prometedor* no cambiaron nada el destino clásico de una novela publicada. Creemos que la publicación es el Grial. Hay muchísimas personas que escriben porque sueñan con conseguirlo algún día, pero existe una violencia peor que el dolor de que no lo publiquen a uno: ¡que te publiquen y no salgas del más absoluto anonimato!* Al cabo de pocos días, el libro ya no se encuentra por ninguna parte y te ves, de forma un tanto patética, vagando de una librería a otra para buscar una prueba de que todo aquello ha existido. Publicar una novela que no encuentra su público es permitir a la indiferencia que se materialice.

Delphine no escatimó esfuerzos para tranquilizar a Frédéric, diciéndole que aquel revés no iba a mermar las esperanzas que la editorial tenía puestas en él. Pero era en vano. Él se sentía vacío y humillado a la vez. Había

---

* Richard Brautigan habría podido crear otra biblioteca, la de los libros publicados de los que no habla nadie: *la biblioteca de los invisibles*.

vivido años con la certeza de que un día existiría por mediación de las palabras. Le gustaba esa actitud del joven que escribe y que pronto tendrá una primera novela a punto de salir. Pero ¿qué podía esperar ahora que la realidad había vestido su sueño con ropa mísera? No le apetecía fingir y quedarse falsamente extasiado con la estupenda acogida que la crítica había dado a su novela, como tantos otros que se pavoneaban por una notita de tres líneas en *Le Monde*. Frédéric Koskas siempre había sabido mirar objetivamente su situación. Y comprendió que no debía cambiar aquello que constituía su singularidad. Nadie lo leía, así estaban las cosas. «Por lo menos, publicar esta novela me ha servido para encontrar a la mujer de mi vida», se consolaba. Tenía que proseguir su camino con el convencimiento que necesita el soldado a quien su regimiento ha dejado atrás. A las pocas semanas se puso otra vez a escribir. Una novela cuyo título provisional era *La cama*. Sin desvelar el argumento, le indicó sencillamente a Delphine: «Puestos a que sea otro fracaso, que al menos resulte más cómodo que una bañera».

5.

Se fueron a vivir juntos, es decir, Frédéric se mudó a casa de Delphine. Para proteger su amor de los comentarios, en la editorial nadie sabía de su relación. Por las mañanas, ella se iba a trabajar y él se ponía a escribir. Había decidido que aquel libro iba a redactarlo enterito en la cama de ambos. La escritura proporciona coartadas extraordinarias. El de escritor es el único oficio que permite pasarse todo el día debajo de un edredón y decir: «Estoy trabajando». A veces se volvía a quedar dormido y soñaba a medias, cediendo al convencimiento de que le vendría bien para crear. La realidad era muy diferente: se notaba reseco. A veces pensaba que aquella felicidad que se le había venido encima, confortable y maravillosa a un tiempo, podía resultarle perjudicial para escribir. ¿Acaso para crear no era necesario andar perdido o ser frágil? No, qué absurdo. Se habían escrito obras maestras en plena euforia, se habían escrito obras maestras en plena desesperación. Antes bien, por primera vez en su existencia tenía la vida bien acotada. Y Delphine ganaba dinero por dos mientras él escribía su novela. No creía tener mentalidad de parásito ni de gorrón, pero había aceptado que ella lo mantuviera. Era algo así como un pacto amoroso entre ambos: bien pensado, trabajaba para ella, ya que publicaría la novela. Pero también sabía que sería una juez imparcial y que la relación que tenían ellos no influiría en nada en lo que opinara de la calidad del libro.

Entretanto, Delphine publicaba a otros escritores y su perspicacia seguía dando que hablar. Rechazó varias ofertas de otras editoriales y continuaba firmemente unida a Grasset, la casa que le había dado su primera oportunidad. A veces Frédéric tenía leves ataques de envidia: «¡Anda! ¿Has publicado ese libro? Pero ¿por qué? Si es malísimo». Ella contestaba: «No te conviertas en uno de esos escritores amargados que piensan que a los demás no hay quien los lea. Ya estoy harta de pasarme el día aguantando a egotistas retorcidos. Cuando vuelvo a casa, me gustaría encontrarme a un escritor concentrado en su trabajo, y solo en eso. Los otros no importan nada. Y, además, a ellos los publico mientras espero tu *cama*. Todo lo que hago en la vida, así en general, es esperar a volver a tu cama». Delphine tenía una forma milagrosa de desactivar lo que angustiaba a Frédéric. Era una mezcla perfecta de soñadora literaria y de mujer anclada en la realidad; le debía su fuerza a sus orígenes y al cariño de sus padres.

6.

Y ya que salen a colación sus padres, Delphine hablaba por teléfono con su madre a diario y le contaba su vida por lo menudo. También hablaba con su padre, pero en una versión concentrada, aligerada de los detalles inútiles. Ambos se habían jubilado hacía poco tiempo. «Me criaron una profe de francés y un profe de matemáticas, de ahí mi esquizofrenia», bromeaba Delphine. Su padre había ejercido en Brest y su madre en Quimper, y todas las tardes se reunían en su casa de Morgat, en el municipio de Crozon. Era un sitio mágico, al amparo de todo, donde prevalecía la naturaleza en estado salvaje. Era imposible aburrirse en un lugar así; bastaba con contemplar el mar para llenar una vida entera.

Delphine pasaba todas las vacaciones de verano en casa de sus padres, y lo que le estaba sucediendo no iba a cambiar las normas. Le propuso a Frédéric que fuera con ella. Así le presentaba por fin a Fabienne y a Gérard. Él fingió que se lo pensaba, como si tuviera otras obligaciones. Preguntó:

—¿Cómo es tu cama en esa casa?

—Virgen de todo hombre.

—¿Seré el primero en dormir allí contigo?

—El primero y el último, espero.

—Me gustaría escribir del mismo modo que tú contestas. Siempre son respuestas hermosas, fuertes, rotundas.

—Tú escribes mejor. Lo sé. Y lo sé antes que todos los demás.

—Eres maravillosa.

—Tú tampoco estás mal.

—...

—Aquello es el fin del mundo. Pasearemos por la orilla del mar y todo será límpido.

—¿Y tus padres? Cuando estoy escribiendo, a veces no soy muy sociable.

—Lo entenderán. En mi casa no paramos de hablar, pero no obligamos a nadie a hacer otro tanto. En Bretaña somos así...

—Y eso de «en Bretaña somos así» ¿qué significa? Te pasas la vida diciéndolo.

—Ya lo verás...

—...

7.

Las cosas no transcurrieron exactamente de ese modo. Nada más llegar a la casa, Frédéric notó que lo arropaba la cálida acogida de los padres de Delphine. Estaba claro que era la primera vez que les presentaba a un hombre. Querían saberlo todo. Aquello de, supuestamente, «no obligar a nadie» a hablar era puro cuento.

Se sentía muy a disgusto ante la perspectiva de hablar de su pasado, pero inmediatamente empezaron a hacerle preguntas sobre su vida, sus padres y su infancia. Intentó dar pruebas de sociabilidad salpimentando las respuestas con sabrosas anécdotas. A Delphine le daba la impresión, muy acertadamente, de que se las inventaba para que la narración fuera más emocionante que la mustia realidad.

Gérard había leído atentamente *La bañera*. A un escritor que ha publicado un libro sin pena ni gloria siempre le resulta un poco deprimente encontrarse con un lector que le habla del libro durante varios minutos eternos para resultarle agradable. Por supuesto, es algo que nace de un sentimiento muy de agradecer. Pero cuando, apenas deshecho el equipaje, fueron a tomar el primer aperitivo en la terraza, frente a aquel paisaje de hermosura apabullante, Frédéric se sintió incómodo por empantanar aquel momento con esa novela que, bien pensado, era bastante mediocre. Empezó a despegarse de ella paulatinamente, a caer en la cuenta de las grietas y de aquella forma de haber querido esmerarse demasiado. Como si todas las frases estuvieran condenadas a demostrar inmediatamente que uno es estupendo. La primera novela es siempre la de un alumno aplicado. Solo los genios son de entrada unos estudiantes desastrosos. Pero seguramente se necesita tiempo para entender cómo respira un relato, lo que se urde al resguardo de la demostración. Frédéric tenía la sensación de que su segunda novela iba a ser mejor, pensaba en ella continuamente sin mencionársela nunca a nadie. No había que desperdigar las intuiciones haciendo confidencias.

—*La bañera* es una parábola tremenda del mundo contemporáneo —seguía diciendo Gérard.

—Ajá... —contestó Frédéric.

—Está usted en lo cierto: de entrada la profusión creó confusión. Y ahora produce una voluntad de abandono. Tenerlo todo equivale a no querer nada. Es una ecuación de lo más pertinente, me parece a mí.

—Gracias. Me abruman sus elogios.

—Pues aproveche, que por aquí estas cosas no pasan todos los días —dijo Gérard riéndose con intención.

—Tiene usted influencias de Robert Walser, ¿verdad? —dijo Fabienne tomando el relevo.

—Robert Walser..., pues... sí..., es verdad, me gusta mucho. No me había dado cuenta. Seguramente está usted en lo cierto.

—Su novela me ha recordado sobre todo el relato de Walser «El paseo». Tiene un talento increíble para evocar el vagabundeo ocioso. Los escritores suizos son muchas veces los mejores para hablar del aburrimiento y de la soledad. Y en su libro hay algo de eso: consigue que el vacío sea palpitante.

—...

Frédéric se quedó sin voz, lo asfixiaba la emoción. Aquellas palabras benévolas, aquella forma de demostrarle interés, ¿cuánto hacía que nadie lo trataba así? En pocas frases, acababan de ponerle una venda en las cicatrices de la incomprensión del público. Se puso a mirar a Delphine, que le había cambiado la vida; ella le dedicó una sonrisa rebosante de ternura y él pensó que estaba deseando descubrir la cama aquella donde nunca antes se había metido un hombre. Aquí, el amor de ambos parecía adquirir una dimensión superior.

8.

Tras estos comienzos tan charlatanes, los padres no le hicieron ya demasiadas preguntas a Frédéric. Pasaron los días y él disfrutó mucho escribiendo en aquella comarca que no conocía. Por la mañana, se dedicaba a su novela; por la tarde, iba a caminar con Delphine, recorriendo esos territorios en los que nunca se encontraban con nadie. Era el escenario ideal para bajar la guardia. También a ella le gustaba contarle, a salto de mata, detalles de su adolescencia. El pasado iba recomponiéndose a pinceladitas y ahora Frédéric podía encariñarse con las épocas de la vida de Delphine.

Delphine aprovechaba el tiempo libre para volver a ver a sus amigos de la infancia. Es una categoría particular dentro de la amistad: las afinidades son ante todo geográficas. En París, a lo mejor no habría tenido ya nada que decirles a Pierrick o a Sophie, con los que ahora tenía tan poco en común, pero aquí se podían pasar las horas muertas hablando. Todos contaban su vida, año tras año. Le hacían preguntas a Delphine sobre las personalidades con quienes podía coincidir.

—Hay muchas personas superficiales —dijo ella, aunque en realidad no lo pensara.

Muchas veces decimos lo que los demás quieren oír. Delphine sabía que sus amigos de la infancia querían oírla criticar París; los tranquilizaba. Resultaba agradable el tiempo que pasaban juntos, pero todo lo que quería era volver con Frédéric. La hacía dichosa que se sintiera en Bretaña a gusto para escribir. Les recomendó su novela a sus amigos y ellos le contestaron:

—¿Está en edición de bolsillo?

—No —balbució Delphine.

Pese a su creciente influencia, no había conseguido convencer a nadie para que sacasen en otra colección aquel libro que había sido un fracaso total. No existía ninguna razón objetiva que permitiera suponer que bajarle el precio a *La bañera* ayudaría a modificar su destino comercial.

Delphine prefirió cambiar de tema y hablar de las novelas que había llevado consigo. Con las nuevas tecnologías no era ya necesario acarrear, en vacaciones, maletas de manuscritos. Tenía que leer unos veinte libros en el mes de agosto. Los tenía todos almacenados en el lector electrónico. Le preguntaron de qué trataban todas esas novelas y a Delphine no le quedó más remedio que reconocer que, la mayoría de las veces, era incapaz de resumirlas. No había leído nada memorable. Pero, sin embargo, seguía notando cierta excitación cada vez que empezaba a leer algo. ¿Y si este fuera el libro esperado? ¿Y si estoy a punto de descubrir a un escritor? Aquel oficio suyo le resultaba de lo más estimulante, lo vivía de forma casi infantil, como si buscase bombones escondidos en un jardín. Y además, le encantaba trabajar con los manuscritos de los autores a quienes publicaba. Había leído *La bañera* diez veces por lo menos. Cuando le gustaba una novela, que fuera necesario añadir o no un punto y coma le aceleraba el corazón.

9.

Aquella noche hacía tan bueno que decidieron cenar al aire libre. Frédéric puso la mesa con la satisfacción un poco ridícula de sentirse útil. ¡A los escritores los hace tan felices la idea de llevar a cabo alguna tarea doméstica! Les gusta compensar sus vagabundeos nebulosos con un frenético interés por lo concreto. Delphine hablaba mucho con sus padres, cosa que tenía fascinado a su compañero. Siempre tienen algo que decirse, pensaba. Con ellos nunca hay páginas en blanco en la conversación. A lo mejor era una cuestión de entrenamiento. La palabra conducía a la palabra. Aquello que Frédéric estaba comprobando subrayaba aún más lo incapaz que era él de comunicarse con sus propios padres. ¿Habrían leído siquiera su novela? Era poco probable. Su madre intentaba establecer con él vínculos más cariñosos, pero resultaba difícil compensar un pasado de sequedad afectiva. En cualquier caso, no solía acordarse de ellos. ¿Cuándo habían hablado por última vez? La verdad es que no podía decirlo. El fracaso de la novela los había distanciado aún más. No quería ver la mirada despectiva de su padre, quien, seguramente, habría citado todas las demás novelas que tenían éxito.

Frédéric ni siquiera sabía qué estarían haciendo sus padres aquel verano. De entrada, le parecía raro que lo hicieran juntos. Tras veinte años separados, acababan de reanudar la convivencia. ¿Qué se les habría pasado por la cabeza? Seguramente eso de no entender a los propios padres es una buena razón para hacerse novelista. Entraba dentro de lo posible suponer que habían probado a vivir uno sin el otro y que, a falta de algo mejor, al final habían vuelto a reunirse. Frédéric había sufrido al tener que pasarse la infancia yendo continuamente con sus cosas a cuestas de acá para allá; y resulta que ahora reanudaban sin él una vida familiar. ¿Debía sentirse culpable? La verdad era seguramente más sencilla: les asustaba la soledad.

Frédéric dejó a un lado sus pensamientos* para volver al presente:

—¿No te hartas de leer todos esos manuscritos? —le estaba preguntando Fabienne a su hija.

—No, me encanta. Pero en estos últimos tiempos es verdad que me resulta un poco cansado. No he leído nada que me entusiasmara gran cosa.

—¿Y *La bañera*? ¿Cómo lo descubriste?

—Frédéric lo mandó por correo, sencillamente. Y di con él hurgando en el escritorio donde colocan los manuscritos. Me atrajo el título.

—A decir verdad, lo dejé en recepción —especificó Frédéric—. Pasé por varias editoriales, sin hacerme ilusiones. No podía suponer que fueran a llamarme al mismísimo día siguiente.

—No debe de ser frecuente que las cosas vayan tan deprisa, ¿verdad? —preguntó Gérard, que siempre

---

* ¿Cuánto llevaba sin atender a la conversación? Nadie habría podido decirlo. El ser humano está dotado de esa capacidad única para asentir con la cabeza y hacerle creer a su interlocutor que le está atendiendo, mientras en realidad piensa en otra cosa. Por eso es por lo que hay que descartar toda esperanza de leer la verdad en la mirada de alguien.

estaba deseando meter baza en una conversación, incluso si en realidad no le interesaba.

—Una reacción tan rápida, seguro que no. Pero tampoco lo es que vaya tan deprisa la publicación. En Grasset solo se publican al año tres o cuatro novelas de las que llegan por correo.

—¿De cuántos libros? —preguntó Fabienne.

—Miles.

—Supongo que alguien se ocupa de rechazar los textos. Menuda papeleta —resopló Gérard.

—Suele ser una carta estándar que envía un becario —explicó Delphine.

—Ah, sí, la famosa carta... «Pese a que su texto tiene grandes cualidades, blablablá..., lamentamos comunicarle que no encaja en nuestra línea editorial..., reciba un cordial... blablablá...» Qué excusa tan cómoda, esa de la línea editorial.

—Tienes razón —le contestó Delphine a su madre—. Y lo más gordo es que no existe, es un pretexto. Basta con mirar dos segundos nuestro catálogo para ver que editamos libros totalmente distintos unos de otros.

Pasó entonces un ángel por la conversación: algo rarísimo en casa de los Despero. Gérard aprovechó para servirles a todos otra copa de vino tinto; era ya la tercera botella que se acababan aquella noche.

Fabienne empalmó con una anécdota local:

—Hace unos años, al bibliotecario de Crozon se le metió en la cabeza recoger todos los libros que las editoriales rechazaban.

—¿Ah, sí? —se extrañó Delphine, a quien sorprendió no estar al tanto de esa historia.

—Sí. Era un proyecto inspirado en una biblioteca americana, creo. Ya no estoy muy segura de los detalles. Solo me acuerdo de que por entonces se comentó mucho. A la gente le hacía gracia. Hubo incluso quien dijo que era algo así como un vertedero literario.

—¡Qué bobada! A mí me parece una idea muy bonita —interrumpió Frédéric—. Si nadie hubiera querido mi libro, a lo mejor me habría gustado que, al menos, lo aceptasen en algún sitio.

—¿Y todavía existe? —preguntó Delphine.

—Sí. No me parece que tenga mucha actividad, pero hace unos meses pasé por la biblioteca y vi que todos los estantes del fondo seguían reservados para los libros rechazados.

—¡Menudos bodrios tiene que haber ahí! —rio con sarcasmo Gérard; pero nadie pareció valorar su sentido del humor.

Frédéric cayó en la cuenta de que el padre de Delphine había debido de quedarse muchas veces al margen del dúo de madre e hija. Simpatizó con él dirigiéndole una sonrisita de complicidad, pero no llevó la avenencia hasta soltar una risa. Gérard se reconcentró y reconoció que aquella iniciativa le parecía absurda. Como matemático que era, ni se le ocurría que hubiera un sitio dedicado a todas las investigaciones científicas abortadas o a todas las patentes que estuvieron a punto de quedar validadas. Existían, precisamente, indicadores, barreras que había que cruzar para delimitar los ámbitos del éxito y del fracaso. E hizo otra comparación cuando menos curiosa:

—En amor, sería algo así como si una mujer te dijera que no, pero, a pesar de todo, se te permitiera vivir una relación con ella...

Delphine y Fabienne no acabaron de entender este paralelismo, pero elogiaron el intento del hombre racional que quería ser tierno. A los científicos les gustan a veces esas metáforas poéticas tan refulgentes como un poema escrito por un niño de cuatro años (era ya hora de irse a la cama).

10.

Ya en la cama, Frédéric le acarició las piernas a Delphine, y los muslos, y luego detuvo un dedo en un punto de su cuerpo:
—Y si lo pongo aquí, ¿lo rechazas? —cuchicheó.

11.

Al día siguiente por la mañana, Delphine le propuso a Frédéric dar un paseo en bicicleta hasta Crozon para ver más de cerca la biblioteca aquella. Él solía trabajar al menos hasta la una, pero también lo impulsaba ese deseo apremiante. Comprobar físicamente el fracaso de los demás quizá le sentara bien.

Magali seguía trabajando en la biblioteca. Estaba más gruesa. Sin saber muy bien por qué, había dejado de cuidarse. No fue inmediatamente después de nacer sus dos hijos, sino unos cuantos años después; quizá en el momento en que se dio cuenta de que viviría allí toda la vida y desempeñaría ese oficio hasta que se jubilase.

Aquel horizonte ya trazado zanjó cualquier deseo de apariencia. Y cuando comprobó que los kilos de más no le importaban en realidad a su marido, siguió por aquel camino que la conducía a dejar de reconocerse a sí misma. Él decía que la quería aunque le hubiera cambiado el cuerpo, y Magali podría haber sacado la conclusión de que sentía por ella un profundo amor; pero lo que vio sobre todo en aquello fue una prueba de indiferencia.

Había que especificar otro cambio importante: con el paso de los años, se había vuelto literata. Había empezado en aquella profesión un tanto por casualidad, sin un mínimo gusto por los libros, pero ahora podía aconsejar a los lectores, guiarlos a la hora de elegir. Progresivamente, había hecho que el lugar evolucionase a su imagen y semejanza. Había acondicionado una esquina más amplia para los niños y creado talleres lúdicos donde se leía en voz alta. Sus hijos, ya adultos, iban a veces a echarle una mano los fines de semana. Dos mocetones tremendos que trabajaban, como su padre, en los talleres de la Renault y a los que se encontraba uno acurrucados, leyéndoles a los niños el cuento de *El topo que quería saber quién se había hecho aquello en su cabeza.*

Muy poca gente iba ya a la biblioteca de los libros rechazados, con lo que la propia Magali se había olvidado casi de ella. A veces entraba tímidamente algún individuo de aspecto algo sospechoso y susurraba que nadie había querido su libro. Había oído hablar de aquel refugio a unos amigos escritores, escritores sin publicar. Iba corriendo la voz por aquella comunidad de la desilusión.

La joven pareja entró en la biblioteca y Delphine se presentó diciendo que vivía en Morgat.

—¿Eres la hija de los Despero?

—Sí.

—Me acuerdo de ti. Venías de pequeña.

—Es verdad.

—Bueno, era sobre todo tu madre quien venía a sacar libros para ti. Pero ¿no eres tú la que trabaja en París, en una editorial?

—Sí, soy yo.

—A lo mejor podías conseguirnos libros gratis —dijo en el acto Magali con un sentido comercial inversamente proporcional a su sutileza.

—Esto..., sí, claro, veré qué puedo hacer.

—Gracias.

—En cualquier caso, puedo recomendarle una novela muy buena, *La bañera*. Y conseguirle varios ejemplares de regalo.

—Ah, sí, me suena. Por lo visto no vale nada.

—De ninguna manera. Y, precisamente, le presento al autor.

—¡Ay, lo siento! Si hay oportunidad de meter la pata, la meto hasta el fondo.

—No se preocupe —la tranquilizó Frédéric—. Yo también digo a veces que por lo visto un libro no vale nada, sin haberlo leído.

—Pero voy a leerlo. Y a ponerlo en un lugar destacado. A fin de cuentas, no todos los días tenemos en Crozon a un famoso —recogió velas Magali.

—Eso de famoso es un poco exagerado —tartamudeó Frédéric.

—Sí, bueno, un escritor publicado, vamos.

—Precisamente... —enlazó Delphine—. Hemos venido a verla porque hemos oído hablar de una biblioteca un tanto particular.

—Me imagino que os referís a la de los libros rechazados.

—Eso mismo.

—Está al fondo de la sala. La he conservado como homenaje a su fundador, pero debe de ser un revoltillo de textos malos.

—Sí, seguramente, pero nos encanta la idea —dijo Delphine.

—Cuánto le habría gustado a Gourvec, que la fundó. Le agradaba que se interesasen por su biblioteca. Era la obra de su vida, como quien dice. Convirtió los fracasos de los otros en su propio triunfo.

—¡Eso es precioso! —apostilló Frédéric.

Magali había dicho espontáneamente aquella frase, sin darse cuenta de la poesía que había en ella; dejó que la joven pareja se dirigiera a la sección de los libros rechazados. Se dijo que hacía mucho que no les había quitado el polvo a esos estantes.

Tercera parte

1.

Pocos días después, Delphine y Frédéric volvieron a la biblioteca. Leer todos esos textos improbables los había dejado encantados. Habían tenido varios ataques de risa al ir viendo los títulos, pero también habían vivido momentos más emotivos ante diarios íntimos, escritos con torpeza, desde luego, pero en los que perduraban sentimientos no por ello menos auténticos.

Así se pasaron una tarde entera, sin darse cuenta de cómo corría el tiempo. Al caer el día, la madre de Delphine, preocupada, esperaba en el jardín. Vio por fin volver a la joven pareja justo antes de la puesta de sol. Aparecieron a lo lejos; los precedía la luz de los faros de las bicicletas. Reconoció a su hija en el acto por la forma tan precisa, tan recta, de avanzar. El anticipo de su llegada era un hilo de luz tenso y mecánico. El de Frédéric era más artístico, avanzaba a bandazos, sin línea rectora. Era fácil imaginárselo apartando continuamente la vista de la carretera. Fabienne pensó entonces que formaban una pareja estupenda; una alianza de lo concreto y lo soñado.

—Disculpa, mamá, nos quedamos sin batería. Y además nos entretuvo algo.
—¿Qué?

—Una cosa extraordinaria.

—¿Qué ha pasado?

—Vamos a llamar a papá primero. Tenemos que estar todos.

Dijo esa frase con tono sentencioso.

2.

Pocos minutos después, mientras bebían algo antes de cenar, Delphine y Frédéric contaron la tarde que habían pasado en la biblioteca. Por turno, iban añadiendo detalles a las anécdotas que refería el otro. Se notaba que deseaban que aquel rato durase para no anticipar demasiado una revelación de primer orden. Hablaron de cuánto se habían reído con algunos manuscritos, sobre todo con los más impúdicos o los más estrambóticos, como *La masturbación y el sushi*, una oda erótica al pescado crudo. Los padres insistían para que acelerasen, pero no había nada que hacer, se metían por las carreteras comarcales y se detenían para ver el paisaje, convirtiendo el viaje de su relato en un vagabundeo lento y deleitoso. Hasta llegar al remate:

—Hemos dado con una obra maestra —anunció Delphine.

—¿Ah, sí?

—Al principio pensé que había unas cuantas páginas buenas; bien pensadas, ¿por qué no? Y luego me metí en la historia. No podía soltar el libro. Me he pasado dos horas leyendo. Me ha conmocionado. Y se transmite con una forma de escribir rara, sencilla y poética a la vez. Nada más acabar, se lo pasé a Frédéric y nunca lo había visto así. Noté que estaba subyugado.

—Sí, eso mismo —confirmó Frédéric, que parecía impactado aún.

—Pero ¿qué cuenta ese libro?

—Nos lo hemos traído prestado, vas a poder leerlo.

—¿Lo has cogido así, sin más?

—Sí. No creo que sea un trastorno para nadie.

—Pero ¿de qué trata?

—Se llama *Las últimas horas de una historia de amor*. Es espléndido. Trata de una pasión que tiene que concluir. Por varias razones, esa pareja no puede seguir queriéndose. El libro cuenta sus últimos momentos. Pero la fuerza inaudita de esa novela reside en que el autor refiere en paralelo la agonía de Pushkin.

—Sí, a Pushkin lo hirieron en un duelo —siguió diciendo Frédéric— y pasó horas padeciendo un martirio antes de fallecer. Es una idea extraordinaria lo de mezclar el final de un amor con los sufrimientos del mejor poeta ruso.

—De hecho, la primera frase del libro es: «Resulta imposible comprender Rusia sin haber leído a Pushkin» —apuntó Delphine.

—No puedo esperar para leerlo —anunció Gérard.

—¿Tú? Creía que eso de leer no te gustaba gran cosa —dijo Fabienne.

—Sí, pero un libro así apetece.

Delphine miró atentamente a su padre. Y no era la hija quien lo miraba, sino la editora. Cayó en la cuenta enseguida de que esa novela podía calar en los lectores. Y, por supuesto, la forma en que la habían descubierto la convertiría en una tremenda génesis editorial.

—¿Quién es el autor? —preguntó la madre.

—No lo sé. Se llama Henri Pick. En el manuscrito pone que vive en Crozon. Debe de ser fácil dar con él.

—Ese nombre me suena de algo —dijo el padre—. Me pregunto si no es el individuo que durante mucho tiempo fue dueño de una pizzería.

La joven pareja clavó la vista en Gérard, que no era de los que se confunden. Parecía bastante improbable, pero toda la aventura aquella lo era.

Al día siguiente por la mañana, la madre de Delphine se leyó también el libro. El argumento le pareció hermoso y bastante sencillo; y añadió:

—Es verdad que desprende una fuerza mágica gracias al paralelismo con la agonía de Pushkin. Por cierto, que no me sabía esa historia.

—A Pushkin se lo conoce muy poco en Francia —repuso Delphine.

—¡Qué muerte tan absurda tuvo!

Fabienne quería seguir conversando sobre el poeta ruso y las condiciones de su agonía, pero Delphine la interrumpió para hablar del autor de la novela. Se había pasado la noche pensando en él. ¿Quién podía escribir un libro así y no darse a conocer?

No resultó muy complicado dar con el rastro del hombre misterioso. Tecleando su nombre en Google, Frédéric localizó una esquela de dos años atrás. Así que Henri Pick no sabría nunca que su libro había entusiasmado a varios lectores, entre ellos una editora. Había que encontrar a sus parientes, pensó Delphine. La esquela mencionaba a una mujer y una hija. La viuda vivía en Crozon y las señas venían en las Páginas Amarillas. No es que fuera la investigación más complicada del mundo.

3.

Madeleine Pick acababa de cumplir ochenta años y vivía sola desde el fallecimiento de su marido. Habían regentado juntos una pizzería durante más de cuarenta años. Henri estaba en la cocina y ella servía las mesas. Habían vivido siempre al ritmo del restaurante. La jubilación fue un sufrimiento tremendo. Pero el cuerpo no respondía ya. Henri sufrió un fallo cardíaco. Tuvo que vender a su pesar. A veces volvía a la pizzería como cliente. Le había confesado a Madeleine que en esos momentos se sentía como un hombre que estuviera observando a su exmujer con su nuevo marido. En los últimos meses de su vida se volvió cada vez más huraño, desvinculado de todo y sin sentir interés por nada. Su mujer, que siempre había sido más sociable y alegre que él, presenciaba, impotente, su naufragio. Se murió en su cama pocos días después de haberse excedido un poco caminando bajo la lluvia; resultaba difícil decir si había sido una forma de suicidio disfrazada de imprudencia. En el lecho de muerte, aparentaba serenidad. Madeleine se pasaba ahora la mayor parte de los días sola, pero no se aburría nunca. A veces, se sentaba a bordar, una forma de pasar el rato que le parecía ridícula, pero a la que se había aficionado. Estaba terminando las últimas hileras de un tapete cuando llamaron a la puerta.

Abrió sin recelo, lo que dejó sorprendido a Frédéric. La comarca aquella parecía a salvo de cualquier aprensión por posibles agresiones.

—Muy buenas. Disculpe la molestia. ¿Es usted la señora Pick?

—Pues sí, yo soy hasta que se demuestre lo contrario.

—Y su marido se llamaba Henri, ¿verdad?

—Así se llamaba hasta el día de su muerte.

—Yo me llamo Delphine Despero. No sé si conoce a mis padres. Son de Morgat.

—Sí, es posible. He visto a tanta gente en el restaurante. Pero algo me suena. ¿De pequeña no llevabas dos coletitas y tenías una bicicleta roja?

—...

Delphine se quedó sin voz. ¿Cómo podía acordarse aquella mujer de unos detalles así? Sí, efectivamente, esa era ella. Recuperó por un furtivo instante sus sensaciones de niña con coletitas pedaleando en su bicicleta roja.

Entraron en el salón. Había un reloj que entorpecía el silencio recordando su presencia a cada instante. Madeleine seguramente ni se daba cuenta ya. El ruido de todos y cada uno de los segundos era su rutina sonora. Los adornitos, repartidos por todas partes, recordaban a una tienda bretona de recuerdos. Era imposible dudar ni por un momento de la situación geográfica de aquella casa. Bretaña le rezumaba por todos los poros y no había en ella la más mínima huella de un viaje. Cuando Delphine le preguntó a la anciana si alguna vez iba a París, la respuesta restalló como un látigo:

—Estuve una vez. ¡Menudo infierno! La gente, los agobios, los olores. Y, la verdad, hay que ver el bombo que le dan a la torre Eiffel. No lo entiendo.

—…

—¿Quieren tomar algo? —preguntó acto seguido Madeleine.

—Gracias. Con mucho gusto.

—¿Qué quieren?

—Lo que haya —contestó Delphine, que ya se había dado cuenta de que más valía no llevarle la contraria. La mujer se fue a la cocina y dejó a los invitados en el salón. La pareja se miró en un silencio apurado. No tardó en volver Madeleine con dos tazas de té al caramelo.

Frédéric se tomó el té por cortesía, aunque lo que más asco le daba en el mundo era el aroma a caramelo. No estaba a gusto en aquella casa, se asfixiaba, e incluso le daba un poco de miedo. Tenía la sensación de que allí habían ocurrido cosas horribles. Se fijó entonces en una foto entronizada encima de la chimenea. El retrato de un hombre de expresión hosca con un bigote que le cruzaba la cara.

—¿Es su marido? —preguntó en voz baja.

—Sí. Me gusta mucho esa foto suya. Parece feliz. Y sonríe, cosa que no le sucedía con frecuencia. Henri no era de carácter expansivo.

—…

Esta última frase brindaba una dimensión concreta a la teoría de la relatividad: en aquella foto los jóvenes no veían ni un asomo de sonrisa, ni tampoco de felicidad. En la mirada de Henri había por el contrario una honda tristeza. Sin embargo, Madeleine siguió comentando la alegría de vivir que, según ella, brotaba de la instantánea.

Delphine no quería meterle prisa a su anfitriona. Era preferible hacer que hablara un poco de su vida y de su marido antes de llegar al tema de la visita. Madeleine recordó su antigua profesión, las horas que pasaba con Henri en el restaurante para prepararlo todo. No hay mucho que contar, acabó por reconocer. *Pasó el tiempo tan deprisa;* y eso es todo. Hasta entonces, había dado la impresión de que decía las cosas con desapego; pero, de pronto, la emoción la alcanzó. Se dio cuenta de que nunca hablaba de Henri. Desde su muerte, había desaparecido de las conversaciones, de la vida diaria y quizá incluso de la memoria de todos. Entonces se dejó llevar por las confidencias, cosa que no entraba en sus costumbres; sin preguntarse siquiera por qué dos desconocidos sentados en su salón querían oír hablar de su difunto marido. Cuando sucede algo que nos hace sentir a gusto, no nos preguntamos qué lo ha causado. Poco a poco se iba formando el retrato de un hombre a quien no le había pasado nada, que había vivido con una discreción sin par.

—¿Había algo que lo apasionara? —preguntó Delphine al cabo de un ratito, para acelerar un poco el ritmo.

—...

—¿Vio usted alguna vez una máquina de escribir en la pizzería?

—¿Cómo dice? ¿Una máquina de escribir?

—Sí.

—No. Nunca.

—¿Le gustaba leer? —siguió preguntando Delphine.

—¿Leer? ¿Henri? —repuso la mujer sonriendo—. No, nunca lo vi con un libro. Aparte de la programación de la tele, no leía.

Las caras de los dos visitantes expresaban sentimientos que aunaban el asombro y la exaltación. Ante el silencio de sus invitados, Madeleine añadió de pronto:

—A decir verdad, me estoy acordando de un detalle. Cuando vendimos la pizzería, pasamos días poniendo orden. Todo lo que habíamos ido acumulando durante años. Y recuerdo haber encontrado en el sótano una caja con libros.

—¿Cree usted que a lo mejor leía en el restaurante sin que usted se enterase?

—No. Le pregunté qué era aquello y me contestó que se trataba de todos los libros que los clientes se habían dejado olvidados desde hacía años. Los había puesto allí por si volvían a buscarlos. Sobre la marcha, me extrañó un poco, porque no me acordaba de ningún consumidor que se hubiera dejado olvidado un libro encima de la mesa. Pero yo no estaba siempre allí. Y al acabar el servicio, muchas veces me volvía a casa mientras él recogía. Estaba en el restaurante mucho más que yo. Llegaba a las ocho o las nueve de la mañana y regresaba a casa a las doce de la noche.

—Pues sí, qué jornadas más largas —comentó Frédéric.

—Henri era feliz así. Le encantaban las mañanas, cuando no lo molestaba nadie. Preparaba la masa y pensaba en cómo cambiar el menú para que los clientes no se aburriesen. Le gustaba inventar pizzas nuevas. Se divertía bautizándolas. Me acuerdo de la Brigitte Bardot, o de la Stalin, con pimientos morrones.

—¿Por qué Stalin? —preguntó Delphine.

—Ah, pues no lo sé. A veces le daban chifladuras. Le gustaba mucho Rusia. Bueno, los rusos. Decía que era un pueblo orgulloso, parecido a los bretones.

—...

—Disculpen, pero tengo que ir a ver a una amiga al hospital. Esos son los sitios adonde voy ahora. Al hospital, a la residencia de jubilados y al cementerio. Es el trío mágico. Pero ¿por qué querían ustedes verme?

—¿Tiene que irse ahora mismo?

—Sí.

—En tal caso —dijo Delphine, chasqueada—, lo mejor será que volvamos a vernos, porque lo que tenemos que decirle puede resultar un poco largo.

—Vaya..., ¡qué intriga! Pero de verdad que me tengo que marchar.

—Muchas gracias por haber sacado tiempo para atendernos.

—Nada de gracias. ¿Les ha gustado el té al caramelo?

—Sí, gracias —contestaron Delphine y Frédéric a dúo.

—Me alegro, porque me lo regalaron y no me gusta nada. Así que intento darle salida cuando tengo invitados.

Al ver la cara de asombro de los parisinos, Madeleine añadió que lo decía en broma. Según iba envejeciendo, se percataba de que nadie pensaba ya que fuera capaz de tener sentido del humor. Claro, los viejos no pueden por menos de convertirse en unas personas lúgubres que no entienden nada ni son capaces del menor ingenio.

Al despedirse, Delphine le preguntó cuándo podían volver a verse. Madeleine dejó claro, con una pizca de ironía, que no tenía ningún compromiso que atender. Así que cuando ellos quisieran. Quedaron para el día siguiente. La anciana se acercó entonces a Frédéric.

—No tiene usted buena cara.

—¿Ah, no?

—Debería dar más paseos a la orilla del mar.

—Tiene razón. Seguramente no salgo lo suficiente.

—¿A qué se dedica?

—Escribo.

La mujer lo miró entonces con ojos consternados.

4.

En el hospital, nada más entrar en la habitación de su amiga, Madeleine le contó la visita que acababa de recibir. Le sacó partido a la anécdota del té al caramelo para entretenerla. Sylviane le apretó la mano, señal de que valoraba el relato. Las dos mujeres se conocían desde niñas, habían saltado a la comba juntas en el patio del colegio, se habían contado su primera vez con un chico, luego los problemas al educar a sus hijos, y así se había ido pasando la vida, hasta el fallecimiento casi simultáneo de sus maridos; y ahora una iba a irse antes que la otra.

5.

Tras la visita truncada, Delphine y Frédéric decidieron ir a comer al restaurante que había sido de los Pick.

La pizzería se había convertido en crepería, lo que parecía más lógico. Cuando vas a Bretaña es para comer *crêpes* y beber sidra. Hay que obedecer a las imposiciones culinarias de cada comarca. Por lo tanto, tras llegar los nuevos dueños, la clientela había cambiado también radicalmente; en vez de los parroquianos del lugar, había turistas.

Se quedaron mucho rato mirando el local para familiarizarse con la idea de que Pick había escrito la novela allí. A Frédéric le parecía poco probable.

—Este sitio no tiene ningún encanto. Hace calor, hay ruido..., ¿te lo imaginas escribiendo?

—Sí. En invierno no hay nadie. No te das cuenta, pero durante muchos meses es un sitio muy tranquilo. Justo el ambiente deprimente que necesitan los escritores.

—No te digo que no. Ambiente deprimente, eso es lo que me digo cuando escribo en tu casa.

—¡Muy gracioso!

Estaban de muy buen humor y les exaltaba cada vez más esta historia que iba tomando forma. Les había impresionado el carácter de Madeleine. Tenían prisa por ver cómo reaccionaba al día siguiente, cuando se enterase de la actividad secreta de su marido.

La camarera* les preguntó qué iban a tomar. Siempre pasaba lo mismo. Delphine decidía enseguida qué iba a comer (en el presente caso una ensalada marinera), mientras que Frédéric se pasaba muchos mi-

---

* Era la dueña. Igual que en el caso de los Pick, el local lo regentaba un matrimonio.

nutos dudando, recorriendo la carta con mirada extraviada, igual que un escritor que se topa con una frase coja. Para hallar salida en aquel callejón de las decisiones, escudriñaba a su alrededor el contenido de los platos de los demás clientes. Las *crêpes* parecían tirando a buenas, pero ¿cuál escoger? Sopesó los pros y los contras, sabiendo con toda certeza que era víctima de una maldición. Al final, nunca escogía el plato adecuado. Para echarle una mano, Delphine le aconsejó:

—Siempre te equivocas. Así que, si lo que quieres es una completa, pide mejor una *forestière* de setas.

—Sí, tienes razón.

La dueña asistió al diálogo sin decir nada, pero al darle la comanda a su marido especificó: «Te advierto que es para unos psicópatas». Poco después, mientras se chupaba los dedos con su *crêpe,* Frédéric reconoció que su novia había resuelto el problema: le bastaba con ir en contra de sus intuiciones.

6.

Mientras comían, le dieron vueltas a la historia del manuscrito que habían encontrado.

—Hemos dado con nuestra Vivian Maier —anunció Delphine.

—¿Con quién?

—Esa fotógrafa fabulosa cuyas fotos aparecieron todas después de su muerte.

—Ah, sí, tienes razón. Pick es nuestra Vivian personal...

—Es prácticamente la misma historia. Y eso es algo que a la gente le encanta.

*

La historia de Vivian Maier
(1926-2009)

En Chicago, una americana de origen francés un tanto excéntrica se pasó la vida sacando fotos sin enseñárselas nunca a nadie, sin pensar nunca en exponerlas y, en muchas ocasiones, sin contar con los fondos suficientes para revelar los negativos. Así que no pudo ver parte de su trabajo, pero era consciente de su talento. En tal caso, ¿por qué no intentó nunca vivir de su arte? Vestida con ropa amplia, inseparable de su sombrero pasado de moda, se ganaba la vida como niñera. Los niños a los que cuidó no pueden olvidarla. Y menos aún su máquina de fotos, que llevaba sistemáticamente en bandolera. Pero ¿quién podía imaginar que tenía una mirada excepcional?

Acabó loca y en la miseria, ella que dejaba miles de fotos cuyo valor sigue aumentando cada día desde que las descubrieron. Al final de su vida, en el hospital y sin poder pagar ya el alquiler del chiscón en el que guardaba el fruto de su vida artística, las cajas con sus fotos se subastaron. Un joven que estaba preparando una película sobre el Chicago de la década de 1960 compró el lote por una cantidad irrisoria. Tecleó el nombre de la fotógrafa en Google pero no encontró nada. Cuando abrió una página web para enseñar las fotos de esa desconocida recibió cientos de comentarios ditirámbicos. El trabajo de Vivian Maier no podía dejar a nadie indiferente. Pocos meses después, volvió a teclear su nombre en un motor de búsqueda y en esta ocasión se encontró con el anuncio de su muerte. Dos hermanos habían organizado las honras fúnebres de su antigua niñera. El joven los llamó, y fue así como descubrió que la persona genial cuyas fotos estaban en su posesión había trabajado gran parte de su vida cuidando niños.

Es este un ejemplo inaudito de vida artística casi secreta. A Vivian Maier no le interesaba el reconocimiento de su obra, y enseñar su trabajo, menos aún. Hoy esa obra suya da la vuelta al mundo y a ella se la considera una de las mayores artistas del siglo xx. Sus fotos son impresionantes, una forma única de captar escenas de la vida cotidiana desde ángulos singulares. Pero su fulminante y póstuma fama va forzosamente unida a su increíble historia. Ambas son inseparables.

*

A Delphine le parecía justificada la comparación con Pick. Era un pizzero bretón que, en absoluto secreto, había escrito una gran novela. Un hombre que nunca había intentado que lo publicasen. Seguro que era algo que iba a intrigar a todo el mundo. Empezó a bombardear a su novio con preguntas: «Según tú, ¿en qué momentos escribía? ¿Con qué estado de ánimo? ¿Por qué no enseñó nunca su libro?». Frédéric intentaba responder como un novelista que prueba a definir la psicología de un personaje.

7.

Pick llegaba todas las mañanas muy temprano al restaurante, había especificado Madeleine. ¿A lo mejor era en ese rato cuando escribía, mientras reposaba la masa de la pizza? Y guardaba la máquina de escribir cuando llegaba su mujer. De ese modo nadie podía saberlo. Todo el mundo tiene algo así como un jardín secreto. El suyo era escribir. Y, como es lógico, no intentó publicar la novela, siguió diciendo Frédéric. No le apetecía nada compartir con nadie la pasión que sentía en su fuero interno. Cuando se enteró de la historia aquella de la biblioteca de los libros rechazados, pudo dejar allí directamente el manuscrito. Pero a Delphine le parecía incongruente un detalle: ¿por qué había puesto su nombre? Cualquiera podía leerlo en cualquier momento y atar cabos. Existía una incoherencia entre aquella vida subterránea y el riesgo de que lo localizasen de esa forma. Seguramente pensaba que nadie iría a husmear a la zona del fondo de aquella biblioteca. Era como tirar una botella al mar. Escribir un libro, dejarlo en algún sitio. Y ¿quién sabe? Puede que algún día lo descubrieran.

Delphine recordó otro detalle. Magali le había explicado que los autores tenían que ir en persona a depositar los manuscritos. No dejaba de ser sorprendente que un hombre tan aficionado a los secretos se hubiera plegado a esa exigencia. Probablemente conocía a Gourvec, ya que habían sido vecinos durante medio siglo. ¿Qué relaciones tenían? A lo mejor los bibliotecarios hacen algún juramento, como los médicos, sugirió Frédéric. Y en tal caso tendrían que respetar el secreto profesional. O, si no, Pick habría añadido, al dejar la novela:

«Jean-Pierre, cuento con que no dirás nada cuando vengas a tomar una pizza...», una frase que parece un poco floja para un superdotado oculto de la literatura, pero quizá lo que había sucedido era eso.

Delphine y Frédéric disfrutaban mucho elucubrando acerca de todas las posibilidades e intentando trazar la novela de la novela. Al autor de *La bañera* se le ocurrió entonces una idea brillante:

—¿Y si contara esa historia? Los entresijos de lo que hemos descubierto.

—Sí, es una idea estupenda.

—Podría llamarla «El manuscrito encontrado en Crozon».

—Preciosa referencia.

—O también: «La biblioteca de los libros rechazados». ¿Te gusta?

—Sí. Es todavía mejor —contestó Delphine—. De todas formas, mientras lo publiques con nosotros y no en Gallimard, todos los títulos me parecen bien.

8.

Esa misma noche, en casa de los Despero, la famosa novela estaba en boca de todos. A Fabienne le parecía muy personal: «La verdad es que parece autobiográfica y transcurre por aquí». Delphine no se había planteado la cuestión de la dimensión íntima de la novela. Tenía la esperanza de que Madeleine no lo viera así: podría suceder que se opusiera a que se publicara. Ya habría tiempo, más adelante, rebuscando en la vida de Pick, de descubrir, o no, ecos personales. La joven editora decidió finalmente considerar el comentario de su madre como un elemento alentador: cuando nos gusta un libro, queremos saber más. ¿Qué hay en él que sea cierto? ¿Qué vivió realmente el autor? Mucho más que en todas las demás artes, que son figurativas, la persecución de la intimidad es permanente en literatura. Leonardo da Vinci, contrariamente a Gustave Flaubert con Emma, no habría podido decir nunca: «La Gioconda soy yo».

No había que anticipar nada, desde luego, pero Delphine ya se estaba imaginando a los lectores rebuscando en la vida de Pick. Con aquel libro podía suceder cualquier cosa, lo notaba, incluso si no existía nada previsible. Cuántos fracasos han sufrido editores que tenían la seguridad de haber dado con un *best seller*... Y, a la inversa, cuántos éxitos nacieron sin que nadie se lo propusiera expresamente... De momento, había que convencer a la viuda de Pick.

A Frédéric le parecía gracioso apodarla *la dama de piczas,* pero Delphine no estaba para chistes. Aquello iba en serio. Tenía que firmar el contrato. Frédéric intentaba tranquilizarla.

—¿Por qué se iba a negar? Resulta más bien agradable enterarte de que, sin saberlo, te has pasado la vida con un Fitzgerald de la pizza...

—Sí, claro. Pero también se va a enterar de que vivió con un desconocido.

Delphine suponía la conmoción que iba a causar. Madeleine había dicho muy claro que su marido no leía nunca. Pero a lo mejor tenía razón Frédéric; iban a comunicarle una noticia positiva. ¡A fin de cuentas, no le iban a revelar la existencia de otra mujer, sino de una novela!*

9.

A última hora de la mañana, Delphine y Frédéric llamaron a la puerta de la señora Pick. Les abrió enseguida y los hizo pasar. Para no ir directamente al grano, hablaron un poco del tiempo, luego de la amiga enferma a quien Madeleine había ido a ver la víspera. A Frédéric, que había preguntado por ella, se le daba tan mal fingir que le interesaban cosas que apenas le importaban que ella le dijo:

—¿De verdad le interesa?

—…

—Más vale que vaya a hacer un té.

Madeleine desapareció rumbo a la cocina, con lo que dejó tiempo a Delphine para fulminar con la mirada a su acompañante. En el amor, a veces se caricaturiza al otro. Para Delphine, Frédéric se había convertido en el prototipo del inadaptado social; y él la veía como una ambiciosa desmesurada. Delphine le echó la bronca cuchicheando:

—No es momento de andar haciéndole la pelota. Le gustan las relaciones sinceras, se nota.

—Intento crear un ambiente de confianza. Y no te hagas la santita. Estoy seguro de que ya tienes impreso el contrato.

_____
* Habrá quienes digan que es lo mismo.

—¿Yo? Qué va. Solo lo tengo en el ordenador.

—Estaba seguro. Te tengo de lo más calada. ¿Qué derechos de autor le vas a ofrecer?

—Un ocho por ciento —confesó ella, algo violenta.

—¿Y los derechos audiovisuales?

—Cincuenta-cincuenta. La proporción habitual. ¿Crees que se podrá adaptar al cine?

—Sí, sería una película estupenda. Y a lo mejor da hasta para un *remake* americano. Podría transcurrir por la zona de San Francisco, en paisajes sumergidos en la bruma.

—Aquí está el té al caramelo —anunció Madeleine, presentándose de repente en el salón e interrumpiendo así la conversación de los dos histéricos del contrato. ¿Podía acaso imaginarse que, en sus extravíos fantásticos, sus invitados estaban ya pensando en George Clooney para interpretar a su marido?

El reloj tenía a Frédéric tan obsesionado como la víspera y se preguntaba cómo era posible tener las ideas claras en un espacio sometido a semejante imposición sonora. Intentaba pensar en los silencios entre segundo y segundo, cosa tan imposible como caminar entre las gotas de agua en un día lluvioso. Pensó, sobre todo, que más valía dejar que hablase Delphine; se las apañaba muy bien.

—¿Conoce la biblioteca de Crozon? —empezó a decir esta.

—Sí, por supuesto. Además, conocí bien a Gourvec, el antiguo bibliotecario. Era un buen hombre, y muy pasional. Pero ¿por qué me pregunta eso? ¿Quiere que saque un libro?

—No, no, qué va. Se la mencionamos porque esa biblioteca tiene una peculiaridad. A lo mejor está usted enterada.

—Pues no, no sé. Bueno, dejen de marear la perdiz y díganme de una vez qué quieren de mí. Que no se puede decir que tenga la vida por delante... —contestó Madeleine, sin dejar ese tono sarcástico que descolocaba a sus invitados y les impedía sonreír relajadamente.

Delphine se metió entonces en un relato cuyo mérito no era precisamente el de ir directo al meollo del asunto. ¿Por qué había ido a su casa aquella joven para contarle, como si no la supiera, la historia de la biblioteca del pueblo?, se preguntaba Madeleine. No le extrañaba, viniendo de Gourvec, aquel proyecto de los libros rechazados. Por educación y por respeto al alma de un difunto, había sacado a relucir su carácter pasional, pero, desde su punto de vista, estaba medio chalado. Se lo consideraba persona culta, pero Madeleine lo había visto siempre como un eterno adolescente incapaz de vivir una vida de adulto. Siempre que se había cruzado con él le había recordado a un tren descarrilando. Y además estaba enterada de cosas. Había conocido a su mujer. Todo el mundo había estado elucubrando sobre los motivos de su huida, pero Madeleine sabía la verdad. Sabía por qué se había ido la mujer de Gourvec.

Cuando se quería conseguir algo había que prolongar las conversaciones, en opinión de Delphine. Así que iba rebozando de detalles, pura invención en algunos casos, la historia de la biblioteca. Frédéric la miraba con un asomo de fascinación, preguntándose incluso si la novelista no debería haber sido ella. Fantaseaba con un tino inaudito sobre una época que le caía muy lejana. Se notaba que la impulsaba un deseo sincero. Por fin entró Delphine de lleno en el asunto, haciendo preguntas sobre Henri. La viuda hablaba de él como si aún viviera. Especificó, mirando a Frédéric:

—Ese sillón en el que está usted sentado era el suyo. Nadie más podía sentarse ahí. Cuando volvía tarde, por las noches, le gustaba ponerse bien cómodo. Era su momento de pausa. Me gustaba mucho mirarlo, con esa expresión soñadora que se le ponía; le sentaba bien. La verdad es que hay que reconocer que trabajaba sin parar. Un día quise probar a contar cuántas pizzas llevaba hechas. Creo que pasaban de las diez mil. No deja de ser una barbaridad. Así que eso, que en su sillón estaba muy a gusto...

Frédéric quiso cambiarse de asiento, pero Madeleine no se lo consintió:

—Qué más dará; no va a volver.

A aquella mujer, que había parecido a un tiempo dura e irónica, se le veía ahora un rostro mucho más humano y conmovedor. El itinerario había sido igual al de la víspera. Cuando recordaba a su marido, le dejaba espacio a su verdad: cuánto le dolía ser viuda. A Delphine empezaron a entrarle dudas; a lo mejor la revelación la desequilibraba. Por un momento, sintió la tentación de dejarlo correr, cosa que le transmitió a Frédéric con una mirada.

—Pero ¿por qué me hacen todas esas preguntas sobre el pasado? —preguntó Madeleine.

La pregunta quedó sin respuesta. Reinó un silencio tenso, e incluso a Frédéric le sonó más quedo el ruido del reloj. ¿O se estaría acostumbrando?

Por fin, Delphine contestó.

—En la biblioteca esa de los libros rechazados, hemos encontrado un libro que escribió su marido.

—¿Mi marido? ¿Está de guasa?

—El manuscrito lo firma Henri Pick y, que nosotros sepamos, no hay más Henri Pick que él. Y, además, vivía en Crozon, así que solo puede tratarse de él.

—Pero ¿mi Henri escribiendo un libro? La verdad, me extrañaría mucho. Nunca escribió ni una palabra. Ni un poema. No puede ser. ¡No me lo puedo imaginar escribiendo!

—Y, sin embargo, es él. A lo mejor escribía un poco en el restaurante por las mañanas.

—Y nunca me regaló flores.

—¿Y eso qué tiene que ver? —preguntó Delphine, sorprendida.

—No lo sé... Lo digo por decir...

A Frédéric le parecía preciosa esa relación con las flores. Era una secuencia espléndida de la mente de Madeleine, como si los pétalos fueran la transposición visual de la capacidad de escribir.

10.

La anciana reanudó la conversación sin dejar de desconfiar de lo que le decían. ¿Y si un hombre hubiera escrito el nombre de su marido en el libro y usado su identidad?

—Imposible. Gourvec solo aceptaba los manuscritos que se depositaban en persona. Y la fecha del depósito se remonta a cuando la biblioteca estaba recién creada.

—¿Quieren que me fíe de Gourvec? ¿Quién les dice que no fue él quien usó el nombre de mi marido?

—...

Delphine no supo qué contestar. Bien pensado, a Madeleine no le faltaba razón. Por ahora, aparte del nombre en el manuscrito, nada demostraba que la novela la hubiera escrito efectivamente Pick.

—A su marido le gustaba Rusia... —recordó entonces Frédéric—. Eso es lo que nos ha dicho usted.

—Sí. ¿Y qué?

—Su novela habla del mejor poeta ruso. De Pushkin.

—¿De quién?

—De Pushkin. En Francia no es un escritor muy leído. Para hablar de él, te tiene que gustar de veras la cultura rusa...

—No hay que pasarse... Que hiciera una vez una pizza Stalin no quiere decir que fuera un experto en Puksin. Me parecen ustedes muy raros los dos.

—Lo mejor es que lea usted la novela —zanjó Delphine—. Estoy segura de que va usted a encontrarse en ella con la voz de su marido. Es muy corriente que las personas tengan una pasión secreta y no quieran compartirla con nadie, ¿sabe? A lo mejor es también el caso de usted.

—No. Me gusta bordar, y no veo por qué le iba a haber ocultado eso a Henri.

—¿Y secretos? —dijo acto seguido Frédéric—. Seguro que le ocultó usted cosas a su marido en la vida. Todo el mundo tiene secretos, ¿no?

A Madeleine no le gustaba el cariz que estaba tomando la conversación. ¿Quiénes se habían creído esos que eran? Y la historia aquella de la novela, no conseguía creérsela. Henri... ¿escritor? Venga ya... Incluso el menú del día era ella quien lo escribía en la pizarra del restaurante. Así que ¿cómo iba a haber podido elucubrar sobre un poeta ruso? Y una historia de amor. Era lo que le acababan de decir esos dos. ¿Henri, una historia de amor? Nunca le había escrito una notita cariñosa. Así que una novela entera metida en la cabeza, vamos, no era posible. Las únicas notas que le había dejado tenían que ver invariablemente con la logística de la pizzería: «Acuérdate de comprar más harina; llama al ebanista por lo de las sillas nuevas; encarga *chianti*». ¿Y un hombre así iba a haber escrito una novela? No se lo creía; pero sabía por experiencia que las personas pueden reservar sorpresas. Había oído tantas veces historias de vidas paralelas.

Se puso entonces a hacer inventario de todo cuanto Henri no había sabido de ella. Su zona íntima e inaccesible. Todo cuanto había podido ocultarle o los apaños con la verdad; él estaba al tanto de sus gustos y de su pasado, de sus ascos y de su familia, pero lo demás le era ajeno. No sabía nada de sus pesadillas ni de sus deseos de ver mundo; no sabía nada del amante que había tenido en 1972 y del dolor de no haberlo vuelto a ver desde entonces; no sabía que a ella le habría encantado tener otro hijo pese a lo que decía; la verdad era muy otra: no podía volver a quedarse embarazada. Cuantas más vueltas le daba, más podía darse cuenta de que su marido la conocía de forma incompleta. Así que reconoció también que aquella historia de la novela podía ser cierta. Había caricaturizado a Henri; cierto era que no leía y no parecía que le interesara la literatura, pero siempre le había parecido que tenía una forma muy suya de ver la vida. Decía de él que era de pensamiento elevado: nunca juzgaba a las personas y siempre se tomaba el tiempo necesario antes de opinar sobre alguien. Era un hombre con un gran sentido de la mesura, que se sentía a gusto con la idea de distanciarse del mundo para entenderlo. Al matizar su retrato, disminuía la imposibilidad de imaginarse a su marido escribiendo.

Pocos minutos después se dijo incluso que era posible. Improbable, sí, pero posible. Y además, debía tener en cuenta otro elemento: a ella le agradaba aquella manifestación del pasado. Le apetecía creer en cualquier cosa que le permitiese volver a entrar en contacto con Henri, de la misma forma que otros se dedican al espiritismo. A lo mejor había dejado esa novela para ella. Para regresar por sorpresa. Para decirle que todavía estaba allí; esa novela era para cuchichearle al oído su presencia; era para que el pasado de ambos pudiera seguir vivo. Y entonces preguntó:
—¿Puedo leer su libro?

11.

Según volvían a Morgat, Frédéric le fue endulzando la decepción a su novia. No pasaba nada por no haber tratado en el acto de una posible publicación. Había que progresar despacio, permitirle a la anciana que se hiciera poco a poco a la idea de una revelación semejante. Cuando hubiera leído la novela, ya no le quedaría la menor duda. Era imposible dejar más tiempo en la sombra un libro así. Seguramente se sentiría muy orgullosa de haber sido la compañera del hombre que había escrito aquella novela; siempre podría decir que ella había sido su inspiración. No hay edad para empezar a ejercer de musa.

12.

Los lectores siempre se encuentran a sí mismos, de una forma o de otra, en un libro. Leer es un estímulo completamente egotista. Buscamos inconscientemente lo que nos dice algo. Por muy estrambóticas o improbables que sean las historias que los escritores crean, siempre habrá lectores que les dirán: «¡Increíble! ¡Ha escrito usted mi vida!».

En lo referido a Madeleine, ese sentimiento era comprensible. A lo mejor era su marido quien había escrito la novela. Así que andaba más que cualquier otra persona en pos de ecos de la vida de ambos. La dejó desconcertada la forma de describir la costa bretona, más bien sucinta para un hombre a quien esa comarca le corría por las venas. Seguramente era una forma de decir que el escenario era lo de menos. Lo que cuenta es la intimidad, la precisión de las emociones. ¡Y había tantas! La dejaban sorprendida las descripciones sensuales, por no decir eróticas. A Madeleine su marido siempre le había parecido atento, pero un poco tosco; afable, pero no realmente romántico. Había una exquisitez tal en la novela y en los sentimientos de los personajes... Y era tan triste... Se abrazaban antes de dejarse. Se tocaban con un frenesí desesperado. Para referir las últimas horas de un amor, el autor recurre a la metáfora de una vela que se consume despacio en una agonía de luz. La llama resiste imperiosamente, parece muerta, pero no lo está, sobrevive de forma muy hermosa, dura horas sin dejar de dar cobijo a la esperanza.

¿Cómo había podido florecer en su marido la expresión de una intensidad tan grande? A decir verdad, leer la novela volvía a sumergir a Madeleine en los principios de su propia historia de amor. Ahora le volvía todo a la memoria. Recordó que el verano de sus diecisiete años tuvo que marcharse dos meses con sus padres al norte de Francia para ir a ver a unos parientes. Henri y ella eran ya una pareja de enamorados y la separación había sido dolorosísima. Así que estuvieron abrazados una tarde entera intentando memorizar todo lo del otro, prometiéndose pensar continuamente en su amor. Aquel episodio se le había ido por completo de la memoria, y eso que era fundacional. Aquella prolongada separación forzosa había fortalecido su mutuo amor. Cuando se vieron de nuevo en septiembre, se prometieron no volver a separarse nunca.

Madeleine estaba muy conmovida. A su marido se le había quedado dentro aquel temor a perderla y lo había reproducido más adelante con palabras. No entendía por qué no había querido enseñarle nada de aquello, alguna razón tendría seguramente. Ahora era ya una certidumbre. Henri había escrito un libro. Madeleine renegaba de su incredulidad inicial para rendirse a aquella nueva realidad.

13.

Nada más acabar la lectura, Madeleine llamó por teléfono a Delphine. Tenía la voz cambiada, traspasada de emoción. Intentó decir que la novela era hermosa, pero no lo consiguió. Prefirió invitar de nuevo a la joven pareja a que fuera a verla al día siguiente.

Durante la noche se había despertado para volver a leer unas cuantas páginas al azar. Con aquella novela, Henri regresaba para verla casi dos años después de su muerte, como si quisiera decirle: «No me olvides». Que era lo que había hecho ella. No del todo, por supuesto; se acordaba de él muchas veces. Pero, en el fondo, se había acostumbrado bastante bien a vivir sola. Le habían alabado la fuerza y el valor, pero en realidad no había sido tan tremendo. Se había preparado para el fatal desenlace y lo había recibido de una forma casi serena. Nos acostumbramos con mayor facilidad de lo previsto a lo que parece insoportable. Y resulta que ahora volvía a salirle al encuentro en forma de novela.

En presencia de la pareja de jóvenes, Madeleine intentó poner en palabras lo que sentía:

—La verdad es que se me hace muy raro que Henri regrese así. Me da la impresión de que lo estoy descubriendo.

—No, no puede decir eso —contestó Delphine—. Era su secreto. Seguramente no tenía confianza en sí mismo.

—¿Usted cree?

—Sí. O también puede ser que no le dijera nada porque quería darle una sorpresa. Pero como nadie quiso publicar el libro, lo metió en un rincón. Y más adelante, cuando Gourvec puso en marcha la biblioteca de los libros rechazados, se dijo que eso era lo ideal.

—A lo mejor. Sea como sea, yo no es que entienda mucho, pero me parece hermoso. Y la historia del poeta es muy interesante también.

—Sí, la verdad es que es una novela espléndida —repitió Delphine.

—Creo que se inspiró en una separación de dos meses que ocurrió cuando teníamos diecisiete años —añadió Madeleine.

—¿Ah, sí? —preguntó Frédéric.

—Sí. Bueno, ha cambiado muchas cosas.

—Es normal —dijo Delphine—. Es una novela. Pero si dice usted que se ha reconocido en ella, entonces ya no queda la menor duda.

—Seguramente.

—Sigue sin parecer convencida.

—No sé. Me siento un poco perdida.

—Lo entiendo —dijo Delphine mientras ponía la mano encima de la de Madeleine.

Al cabo de un rato, la anciana siguió diciendo:

—Mi marido dejó montones de cajas en el desván. Yo no estoy ya en condiciones de subir. Pero, cuando se murió, Joséphine echó una ojeada.

—¿Su hija? —preguntó Delphine.

—Sí.

—¿Y encontró cosas interesantes?

—No. Me dijo que esencialmente había libros de contabilidad y los archivos del restaurante. Pero habrá que volver a mirar. Ella lo hizo muy por encima. A lo mejor dejó una explicación, o quizá otro libro.

—Sí, habrá que ir a ver —asintió Frédéric antes de hacer mutis en dirección al baño. En realidad, quería dejar a solas a Delphine con Madeleine porque presentía que ahora iba a hablarle de la publicación.

Frédéric dio una vuelta por la casa y pasó revista al dormitorio. Se topó allí con unas zapatillas masculinas, las de Henri* seguramente. Las miró fijamente un momento, y de esa visión nació la de Pick. Era como Bartleby, el personaje de Herman Melville, ese copista que se pasa la vida asegurando que *preferiría no hacerlo,* ejerciendo esa tenaz voluntad de quedarse fuera de cualquier acción. Ese personaje se ha convertido en el símbolo de la renuncia. A Frédéric siempre le había gustado aquella representación de la oposición social y se había inspirado en ella para *La bañera.* Eso mismo podía decirse de Pick. En su actitud había una forma de rechazar el mundo, como si lo animase la ambición de quedarse en la sombra, a contrapelo de una época en la que todo el mundo busca la luz.

---

* «¿Alguna mujer conservará mis zapatillas cuando me muera?», se preguntó.

Cuarta parte

1.

Por los pasillos de la editorial empezaba a correr el rumor de un libro que iba a ser un acontecimiento. Delphine se había dado cuenta de que había que hablar lo menos posible de los antecedentes, dejar que el misterio se asentase y, ¿por qué no?, que se asentaran también unas cuantas falsedades deliberadas. Le preguntaban de qué iba la cosa y se limitaba a contestar: de un autor bretón ya fallecido. Hay frases que tienen el don de zanjar las conversaciones.

2.

Frédéric hacía como si tuviera celos: «Ahora solo piensas en Pick. ¿Ya no te interesa mi *cama*?». Delphine lo tranquilizaba, a veces con palabras y a veces con su cuerpo. Se vestía como quería él para que la desnudase como quería ella. Su mutuo deseo no precisaba artificios para no perder intensidad; y el amor físico seguía siendo su forma más fácil de conversar. El tiempo iba a la carrera desde que se habían conocido; una aceleración en la que a los minutos no siempre les daba tiempo a respirar. De esa forma, el cansancio parecía un territorio inaccesible.

En otros momentos, había que dar con las palabras. Esos celos que le tenía Frédéric a Pick regresaban con frecuencia. A Delphine le irritaban las puerilidades pasajeras de su novio. El exceso de escritura puede volver infantiles a las personas. Cuando se las daba de incomprendido, a Delphine le entraban ganas de zarandearlo. Pero en el fondo le gustaban aquellos temores. Notaba que ella le resultaba útil a aquel hombre; sentía sus puntos frágiles no como fallas gigantescas sino más bien como llagas superficiales. Frédéric era un débil de mentirijillas; su fuerza estaba oculta tras sus divagaciones. Necesitaba, para escribir, esas dos energías contradictorias. Se sentía perdido y melancólico, pero una ambición terrenal se le ceñía al corazón.

Otro elemento que hay que tener en cuenta: Frédéric aborrecía las citas. No había nada que le resultase más cansado que pensar en quedar con alguien en un café para charlar. Le parecía una extravagancia esa forma que tienen los seres humanos de citarse para pasarse una hora o dos contándose un resumen de su vida. Prefería conversar con la ciudad, es decir, andar. Tras escribir por las mañanas, recorría las calles intentando observarlo todo y, sobre todo, a las mujeres. A veces pasaba por delante de una librería, y siempre le resultaba igual de agrio. Entraba en ese sitio que se supone deprime a todo aquel que haya publicado una novela y se lastimaba buscando su libro. Por descontado, *La bañera* no estaba ya en ninguna parte; pero ¿y si a algún librero se le había olvidado devolverlo a la editorial o le hubiera apetecido conservarlo en sus estanterías? Solo andaba buscando una prueba de que existía, porque la duda lo atenazaba. ¿De veras había publicado un libro? Necesitaba que la realidad le diera un mordisco para estar seguro.

Un día se cruzó por casualidad con una chica con la que había salido, Agathe. Llevaba cinco años sin verla. Eran otros tiempos. Al volver a verla se sumergió mentalmente en una época en la que no era el mismo hombre. Agathe había sido testigo del Frédéric a medio acabar; algo así como un borrador. Ahora era más guapa, como si cuando estaba con él no hubiera florecido aún. No habían tenido una ruptura dramática, había sido más bien fruto de un común acuerdo. Una expresión fría que equipara a la pareja con un contrato y que, a fin de cuentas, alude al común acuerdo de que no hay amor. Se llevaban bastante bien, pero no habían vuelto a verse nunca después de romper. Habían dejado de llamarse, habían dejado de dar señales de vida. Ya no tenían nada que decirse. Se habían querido y luego habían dejado de quererse.

Llegó forzosamente el tema del presente.

—¿A qué te dedicas? —le preguntó Agathe.

A Frédéric le entraron ganas de contestar: «A nada», pero por fin se decantó por mencionar que estaba escribiendo su segunda novela. Ella se puso muy contenta.

—¡Anda! ¿Has publicado un libro?

Parecía hacerla feliz que por fin hubiera realizado su sueño, sin sospechar que acababa de darle una puñalada. Si ni siquiera esa mujer a la que había querido, con la que había estado casi tres años, el olor de cuyas axilas recordaba a la perfección, sabía que había publicado *La bañera,* el fracaso se volvía insoportable. Hizo como que se había alegrado de aquel encuentro improvisado y se fue sin preguntarle nada. Ella pensó que no había cambiado, que seguía considerándose el centro del universo. No podía sospechar que acababa de hacerle tanto daño.

Era una herida narcisista de una nueva categoría: tenía que ver con eso que podía llamarse *el círculo íntimo.* En cierto modo, Frédéric le prohibía a Agathe ignorar que había publicado un libro. Anonadado por la importancia que le daba a esa información, había preferido cortar la conversación por lo sano. Luego, de pronto, se le metió en la cabeza que tenía que darle alcance. Menos mal que Agathe andaba despacio; en eso no había cambiado, siempre había caminado igual que se lee una novela, sin pasar nada por alto. Al llegar a su altura, estuvo unos segundos mirándola antes de llamarla por su nombre, pegado a su oído. Ella se volvió, sobresaltada:

—¡Ay, eres tú! Qué susto me has dado.

—Sí, disculpa. He pensado que había sido un encuentro demasiado corto. No me has contado nada de ti. ¿Te apetece tomar un café?

3.

A Madeleine no dejaba de costarle trabajo aceptar la idea de que su marido no le hubiera dicho nada de su pasión por la literatura. Su vida pasada había tomado un color diferente, igual que un cuadro o un paisaje que miramos desde la perspectiva opuesta. Se sentía violenta y no se decidía a mentir. Podía decir perfectamente que, a fin de cuentas, sabía que Henri había escrito un libro. ¿Quién iba a llevarle la contraria? Aunque la verdad es que no podía hacer tal cosa. Tenía que respetar el deseo de él de silenciarlo. Pero ¿por qué se lo había ocultado todo? Ese puñado de páginas que los separaba abría un foso. Ya se imaginaba que un libro así no lo había escrito en dos semanas. Había debido de suponerle meses y quizá, incluso, años de trabajo. Había vivido a diario con esa historia en la mente. Y por la noche, cuando estaban metidos en la cama, uno al lado del otro, debía de seguir pensando en su novela. Pero cuando le dirigía la palabra a ella era siempre para sacar a relucir problemas con clientes o con proveedores.

Le obsesionaba otra pregunta: ¿habría querido Henri que se publicase su novela? Bien pensado, la había dejado en esa biblioteca en vez de quitársela de encima. Debía de esperar que alguien la leyera, pero no había nada seguro. ¿Qué podía saber ella de lo que Henri quería o dejaba de querer? Ahora todo era confuso. Al cabo de un rato, pensó que sería una forma de resucitarlo. Finalmente, eso era lo único importante. Hablarían de él y estaría otra vez vivo. Tal es el privilegio de los artistas, dejar obras que le pongan obstáculos a la muerte. ¿Y si esto solo fuera el principio? ¿Habría ido sembrando por la vida otras acciones que se descubrirían más adelante? A lo mejor era uno de esos hombres que adquieren sus dimensiones completas en la ausencia.

Desde la muerte de Henri, no había querido nunca subir al desván. Allí había metido él cajas de cartón, cosas que había ido acumulando con el paso de los años. Madeleine ni siquiera sabía exactamente lo que había. Joséphine había mirado demasiado deprisa la última vez; había que rebuscar más a fondo. ¿Y si encontraba otra novela? Pero subir resultaba complicado. Había que encaramarse a una escalera de mano, que era algo que no podía hacer. Pensó: eso le vino estupendamente; pudo meter ahí todo lo que quiso con la seguridad de que yo no iría a ver. Necesitaba a su hija. Aprovecharía para hablarle por fin de la novela de su padre. A Madeleine le había resultado imposible mencionarle antes el asunto. Cierto era que no hablaban con frecuencia, pero una revelación así no debería haber tardado tanto en contársela. La verdad era esta: el argumento de la novela había sumergido a Madeleine en una nueva relación con su marido, una relación de dos en la que no conseguía encajar la presencia de su hija. Pero no podía dejarla aparte más tiempo. El libro iba a salir pronto. Joséphine no podría por menos de reaccionar como ella y le embargaría la estupefacción. Madeleine temía ese momento por una razón añadida: su hija la dejaba agotada.

4.

Con algo más de cincuenta años de edad, Joséphine iba cuesta abajo desde que se había divorciado. No podía decir dos frases seguidas sin pararse a coger aliento. Pocos años antes, y casi al mismo tiempo, sus dos hijas y su marido habían abandonado el hogar. Aquellas para vivir su vida y este para vivir sin ella. Tras haberlo dado todo, según su criterio, para construirle a cada uno de ellos una vida cotidiana donde pudiera realizarse, se había quedado sola. Las consecuencias del choque emocional fluctuaban entre la melancolía y la agresividad. Resultaba muy triste ver cómo aquella mujer, famosa por su energía y por no tener pelos en la lengua, se iba hundiendo en un estado de ánimo gris. Habría podido ser una crisis pasajera, una prueba a la que sobreponerse, pero el dolor echaba raíces y le injertaba en el cuerpo una piel nueva, triste y amarga. Menos mal que le gustaba su trabajo. Regentaba un comercio de lencería, y en él se pasaba los días en un capullo de seda que la protegía de las rudezas de la vida.

Sus hijas se habían ido a Berlín a poner un restaurante, las dos juntas, y Joséphine había ido a verlas algunas veces. Deambulando por aquella ciudad a un tiempo moderna y llena de cicatrices del pasado, había asumido que era posible dejar atrás los destrozos, no olvidándolos sino aceptándolos. Era posible construir una felicidad sobre un telón de fondo compuesto de sufrimientos. Pero resultaba más fácil decirlo que vivirlo y los seres humanos disponían de menos tiempo que las ciudades para volver a edificarse a sí mismos. Joséphine hablaba por teléfono con sus hijas con frecuencia, pero no le reconfortaba; quería verlas. Su exmarido llamaba también de vez en cuando para saber cómo le iba, pero daba la impresión de que era una obligación penosa, un servicio posventa de la ruptura. Minimizaba la felicidad de su nueva vida, siendo así que era tremendamente dichoso sin Joséphine. Por supuesto, no le gustaba pensar en los daños que había dejado tras de sí, pero llega una edad en que la urgencia impide rechazar el placer.

Y luego sus conversaciones se fueron espaciando hasta dejar de existir. Joséphine llevaba ya varios meses sin hablar con Marc. Se negaba incluso a pronunciar su nombre. No quería tenerlo en los labios: era su diminuta victoria sobre su cuerpo. Pero le seguía estorbando continuamente en el ánimo. Y también Rennes, donde habían vivido siempre y donde vivía él con su nueva compañera. El que se va debería tener la delicadeza, al menos, de mudarse. A Joséphine su ciudad le parecía la cómplice de su tragedia sentimental. La geografía se pone siempre de parte de los vencedores. Joséphine vivía con el temor de cruzarse con su exmarido, de ser el testigo casual de su dicha, así que ya no salía de su barrio, su *capital del dolor**.

A esa pérdida tenía que sumar la muerte de su padre. Habría resultado difícil decir si se habían sentido cercanos, porque él escatimaba la ternura. Pero siempre había sido una presencia protagonista. De niña, se pasaba horas en el restaurante mirando cómo hacía pizzas. Y a él se le había ocurrido incluso inventarse una especialmente para su hija, con chocolate, y la había bautizado Joséphine. A ella la tenía fascinada aquel padre capaz de enfrentarse tan gallardamente con el horno inmenso. Y a Henri le gustaba notar la mirada admirativa de su hija. Es tan fácil ser un héroe ante la mirada de un niño. Joséphine recordaba muchas veces aquel tiempo perdido: nunca más podría volver a entrar en

---

* Título de un poemario de Paul Éluard. *(N. de las T.)*

una pizzería. Le gustaba la idea de que sus hijas hubieran recogido la antorcha de la restauración haciéndoles *crêpes* bretonas a los alemanes. Así se trazaba el hilo conductor de una familia. Pero ¿qué quedaba ahora? Con su padecimiento sentimental se había acentuado la carencia de su padre. Quizá si hubiera podido apoyarle la cabeza en el hombro, todo habría tenido arreglo, como antes. Aquel cuerpo, como una muralla contra todo. Aquel cuerpo que se presentaba a veces en unos sueños que parecían muy reales; pero nunca decía nada en esas visitas nocturnas. Planeaba por encima de sus sueños igual que lo había hecho en vida, en un silencio tranquilizador.

A Joséphine le gustaba esa virtud de su padre: no perdía el tiempo en criticar a los demás. No por eso, seguramente, dejaba de verles cosas criticables, pero no malgastaba energías inútilmente. Se lo podía considerar introvertido, pero a su hija le había parecido siempre algo así como un sabio que iba desfasado con el mundo. Y resultaba que ya se había ido. Se descomponía en el cementerio de Crozon. Eso le pasaba también a ella. Vivía, pero su razón de vivir estaba enterrada. Marc no quería ya saber nada de ella. Cierto es que a Madeleine le había afligido esa ruptura, pero no entendía por qué su hija no pasaba página. Procedía de una familia muy modesta y, como había vivido una guerra, los lloriqueos sentimentales le parecían privilegios contemporáneos. Una tenía que rehacer su vida en vez de gimotear. Esta frase horrorizaba a Joséphine. ¿Qué había hecho mal para que le pidiesen que rehiciera esto o lo otro?

Desde hacía poco había empezado a ir por la iglesia parroquial de su barrio: le parecía que la religión la reconfortaba algo. A decir verdad, no era la fe lo que la atraía, sino el escenario. Era un sitio intemporal que no estaba sometido a la brusquedad de las vicisitudes de la vida. No era tanto en Dios en quien creía, sino en la casa de Dios. A sus dos hijas las tenía preocupadas ese cambio, les parecía poco compatible con el anterior pragmatismo, tan firme, de su madre. Desde lejos la animaban a salir, a no dejar de tener vida social, pero ella seguía apática. ¿Por qué quiere la familia a toda costa que cicatricen las heridas? Una tiene derecho a no reponerse de una pena amorosa.

Pese a todo, para no contrariar a unas cuantas amigas, había aceptado algunas citas concertadas. Todas habían sido de lo más lúgubres. Estuvo lo de aquel hombre que, cuando la acompañaba a casa en coche, le metió la mano entre los muslos buscándole torpemente el clítoris antes incluso de haberla besado. Sorprendida ante aquel ataque cuando menos inesperado, lo rechazó violentamente. Él no se desanimó sino que le susurró al oído frases crudas, por no decir asquerosas, pensando que así iba a excitarla. Joséphine soltó la carcajada. No iba la cosa por el camino previsto, pero ¡qué felicidad! Hacía tanto que no se había reído así. Se bajó del coche sin dejar de reírse. El hombre seguramente lamentó el haber acelerado un poco los acontecimientos y se arrepintió de haberle propuesto ya la primera noche ponerle las esposas, pero había leído que a las mujeres eso les encantaba.

5.

Por el camino, Joséphine les fue dando vueltas a las palabras de su madre: «Tienes que venir a verme, es urgente». No quiso decirle nada por teléfono. Se limitó a aclarar que no había sucedido nada grave. Era una situación más bien inusual, por no decir inédita. Madeleine nunca le pedía nada a su hija; la verdad era que hablaban muy pocas veces. Era lo mejor para que no se notasen demasiado las cosas en las que no coincidían y evitar discusiones. El silencio sigue siendo el mejor antídoto para los desacuerdos. Madeleine se había aburrido de los continuos gimoteos de su hija, pero a Joséphine, sencillamente, le habría gustado un gesto tierno, que su madre la abrazase. Aquella frialdad aparente no había que interpretarla forzosamente como un rechazo. Era una cuestión generacional. No es que haya menos cariño, pero se demuestra menos.

Cuando Joséphine regresaba a Crozon, dormía en su habitación de niña. Siempre le volvían los recuerdos: se veía de nuevo como la niña pícara, la adolescente refunfuñona o la joven provocadora. Allí estaban todas las Joséphine, como la retrospectiva de una obra. En aquella casa no cambiaba nada. Incluso su madre seguía pareciéndole la eterna mujer sin edad. Aquel día volvía a ser así.

Joséphine le dio un beso a su madre y le preguntó en el acto qué era aquello tan urgente. Esta prefirió tomárselo con calma, hacer té y acomodarse sin prisas.

—Me he enterado de algo que tiene que ver con tu padre.

—¿Qué? No me digas que tiene otro hijo.

—No, no, ni mucho menos.

—Y entonces ¿qué es?

—Han descubierto que había escrito una novela.

—¿Papá? ¿Una novela? ¡Venga ya!

—Pues es cierto. La he leído.

—Nunca escribió nada. Incluso la letra de las tarjetas de cumpleaños era siempre la tuya. Nunca mandó una postal, nada. ¿Y quieres que me crea que escribió una novela?

—Te digo que es cierto.

—Ah, sí, ya me conozco ese sistema. Como crees que estoy deprimidísima, me cuentas lo primero que se te ocurre para que reaccione. He leído un artículo sobre eso, «mitoterapia», ¿verdad?

—...

—No entiendo por qué te molesta que vea la vida de color negro. Es mi vida y así son las cosas. Tú siempre estás contenta. La gente te adora por ese carácter tan estupendo que tienes. Bueno, pues discúlpame por no ser como tú. Yo soy débil, ansiosa, lúgubre.

La respuesta de Madeleine fue ponerse de pie para ir a buscar el manuscrito, que le tendió a su hija.

—Ya vale, acaba con el numerito. Aquí está el libro.

—Pero ¿esto qué es? ¿Recetas?

—No. Es una novela. Una historia de amor.

—¿Una historia de amor?

—Y van a publicar el libro.

—¿Cómo?

—Sí, luego te cuento todos los detalles.

—...

—Quería que vinieras para que subieras al desván. Ya estuviste, pero con muchas prisas. A lo mejor mirando más a fondo aparecen otras cosas.

Joséphine no contestó; la tenía hipnotizada la primera página del manuscrito. Con el nombre de su padre en la parte de arriba: Henri Pick. Y, en el centro, el título del libro:

Las últimas horas de una historia de amor.

6.

A Joséphine le duró mucho rato el pasmo, entre la incredulidad y la estupefacción. Madeleine se dio cuenta de que lo de pasarle revista al desván iba a quedarse para más adelante. Tanto más cuanto que su hija acababa de empezar a leer las primeras páginas del libro, ella, que leía tan poco, por no decir nunca. Prefería las revistas femeninas o de famosos. El último libro que había leído era el de Valérie Trierweiler, *Gracias por este momento*. El tema, por supuesto, la había afectado. Se había reconocido por completo en la lucha de aquella mujer ultrajada. Si hubiera podido, habría escrito un libro sobre Marc. Pero ese gilipollas no le interesaba a nadie. Le parecía, desde luego, que la excompañera de François Hollande se pasaba bastante, pero a aquella mujer le importaba ya un bledo lo que pudieran pensar de ella. Contar lo que sufría de esa forma, que tomaba la apariencia de una venganza, se había vuelto más importante que su propia imagen. Era una kamikaze del amor que prefería quemarlo todo junto con su pasado. Solo el dolor puede arrastrarnos hasta ese terreno. Joséphine la entendía. Ella también se exponía a veces en sus relaciones con las demás mujeres o al dejar agotados a quienes la rodeaban explicando sin parar sus sinsabores íntimos. Otros tantos sentimientos que impulsan hacia la confusión. El hombre aborrecido se convierte en una entidad oscura de realidad deformada, un monstruo a la medida del desvalido desconcierto de la mujer herida; un hombre que en realidad ya no existe tal y como esta lo describe o recuerda.

Joséphine seguía leyendo sin dificultad. No reconocía la voz de su padre, pero ¿había podido acaso imaginar que era capaz de escribir un libro? No. Sin embargo, existía un eco entre lo que sentía y una sensación que nunca había sido capaz de definir: le había dado con frecuencia la impresión de que no sabía lo que pensaba su padre. Le parecía insondable, y era algo que había ido a más en los últimos años, después de jubilarse. Se pasaba horas mirando el mar, como detenido dentro de sí mismo. A última hora, se iba a tomar unas cervezas con los habituales del barrio y nunca parecía borracho. Siempre que se cruzaba con un conocido por la calle, Joséphine se había fijado en que no se decían gran cosa, retazos de frases que no siempre se entendían bien; y estaba convencida de que eso de acabar el día en el café servía sobre todo para escapar del aburrimiento. Ahora pensaba que tras todos esos silencios, esa forma de quedarse poco a poco al margen del mundo, se ocultaba un carácter poético.

Joséphine dijo que el argumento le recordaba la película de Clint Eastwood *Los puentes de Madison*.

—¿Quién? ¿Los puentes de qué? —interrumpió su madre.

—Déjalo.

—¿Subimos al desván?

—Sí.

—Pues levántate.

—No salgo de mi asombro con esta historia.

—Yo tampoco.

—Nunca se conoce a nadie, y a los hombres menos que a nadie —dijo Joséphine, incapaz de pasar más de dos minutos sin relacionarlo todo con su propia vida.

Fue por fin a buscar la escalerita de mano que necesitaba para subir al desván. Alzó la trampilla y se metió, doblada en dos, en ese rincón polvoriento de la casa. Enseguida se le fueron los ojos hacia un caballito de madera en el que se mecía de pequeña. Luego vio una pizarra escolar. Ya no se acordaba de que sus padres habían conservado todas las cosas del pasado. Tirar algo, lo que fuera, no encajaba con su forma de ser. Encontró también todas sus muñecas, cuya curiosa particularidad era que no iban vestidas; estaban todas en bragas. Es como si estuviera ya obsesionada con la ropa interior, pensó Joséphine. Algo más allá, entrevió un montón de delantales de cocina de su padre. Una vida profesional resumida en unos cuantos trozos de tela. Por fin vio las cajas de las que le había hablado su madre. Abrió la primera y le bastaron unos pocos segundos para hacer un descubrimiento crucial.

Quinta parte

1.

Delphine explicó en qué consistía el proyecto a los comerciales de la editorial Grasset. Esos hombres y esas mujeres iban a recorrer Francia para comunicarles a los libreros que iba a salir un libro muy peculiar. Para la joven editora esta primera presentación en público era un test de primerísima importancia. Los comerciales no habían leído aún la novela: ¿cómo iban a reaccionar ante la génesis de aquella publicación? Le había pedido a Olivier Nora, el director de la editorial, que le concediera un rato algo mayor del habitual para referir todos los detalles de la historia. Así, de entrada, la novela de la novela tendría un papel capital. Nora aceptó, por supuesto; a él también le entusiasmaba ese proyecto como pocos. Pasmado, había repetido varias veces: «¿Estabas de vacaciones en casa de tus padres y descubriste una biblioteca de libros rechazados? Es increíble...». Aquel hombre, tan elegante habitualmente y con un autodominio algo británico, se había frotado las manos con el júbilo de un niño que acaba de ganar a las canicas.

Con la satisfacción de presentar la novela de Pick, Delphine estaba aún más radiante que de costumbre. Encaramada en unos tacones altísimos, contemplaba la sala desde arriba pero sin achantarla. Hablaba con tono seguro y suave. Parecía convencida de haber descubierto a un escritor como pocos oculto tras aquel pizzero ya fallecido. A todos pareció motivarlos mucho la idea de sacar adelante esa publicación. Se mencionó en el acto un lanzamiento impresionante, completamente inusual en el caso de una primera novela. «Toda la empresa cree en ella», anunció Olivier Nora. Uno de los comerciales dijo que se acordaba de esa biblioteca bretona. Había leído un artículo hacía ya mucho tiempo. Sabine Richer, responsable de la zona de Turena y una apasionada de la literatura norteamericana, habló de la novela de Richard Brautigan de la que había partido aquella idea. Era un libro que le encantaba, una epopeya camino de México, un *road book* que daba pie al autor a mirar con ironía la California de la década de 1960. Jean-Paul Enthoven, editor y escritor de Grasset, se congratuló muy especialmente de la erudición de Sabine. Esta empezó a ruborizarse.

Delphine no había estado nunca en una presentación así. Era frecuente que las horas de trabajo aplicado se fueran sucediendo de forma fastidiosa, mientras todo el mundo tomaba nota de los detalles de las novedades. En esta ocasión algo estaba sucediendo. La bombardeaban a preguntas. Un hombre enfundado en un traje que le quedaba estrecho preguntó:

—¿Y cómo van a organizar la promoción?

—Está su mujer. Una bretona ya mayor, octogenaria pero con mucho sentido del humor. No sabía nada de la vida secreta de su marido y puedo decirles que resulta conmovedora cuando habla de él.

—¿Y escribió más libros? —preguntó el mismo hombre.

—En principio, no. Su mujer y su hija han rebuscado en todas las cajas. No había ningún otro manuscrito.

—Pero, en cambio —intervino Olivier Nora—, hicieron un descubrimiento importante, ¿verdad, Delphine?

—Sí. Encontraron un libro de Pushkin: *Eugenio Oneguin*.

—¿Y por qué es importante? —preguntó otro comercial.

—Porque Pushkin está en el meollo de la novela. Y en el libro que descubrió su mujer, Pick había subrayado unas cuantas frases. Tengo que hacerme con el ejemplar. A lo mejor dejó algún indicio o quiso decir algo al destacar esos fragmentos.

—Tengo la sensación de que no hemos acabado de llevarnos sorpresas —acabó por decir Olivier Nora, como para incrementar el interés general.

—*Eugenio Oneguin* es una novela-poema sublime —añadió Jean-Paul Enthoven—. Me la regaló hace unos años una mujer rusa. Una mujer deliciosa y, por lo demás, muy culta. Intentó explicarme la belleza de la lengua de Pushkin. No hay traducción que pueda reproducirla.

—¿Y ese tal Pick hablaba ruso? —inquirió otro comercial.

—No que yo sepa, pero sentía adoración por Rusia. Incluso inventó una pizza Stalin —contestó Delphine.

—¿Y pretenden que presentemos el libro en las librerías con ese argumento? —dijo el hombre de antes, sofocando una risita que dio paso a una carcajada colectiva.

La reunión siguió así bastante rato, tratando de esa novela tan peculiar. Dejaron poco espacio a las demás obras que iban a salir por las mismas fechas. Así es con frecuencia como queda decidida la vida de un libro: no todos toman la salida con las mismas oportunidades. El entusiasmo del editor es determinante, tiene hijos favoritos. Pick iba a ser la novela principal de primavera para Grasset, con la esperanza de que el éxito siguiera durante el verano. A Olivier Nora no le apetecía esperar hasta septiembre para publicarla en la *rentrée* literaria y entrar así en liza para los premios de primera fila del otoño. Era una temporada demasiado violenta y agresiva, y probablemente nadie vería en la novela una historia hermosa, sino un intento de montar un espectáculo editorial digno de Romain Gary. Todo el mundo se preguntaría quién estaba detrás de Pick, siendo así que no había nada que descubrir. Lo de desenterrar una novela en condiciones como aquellas era sencillamente una historia increíble. Y, de vez en cuando, no quedaba más remedio que creer en las historias increíbles.

2.

Hervé Maroutou aprovechó un breve silencio para sacar a relucir un tema que le parecía importante. Llevaba años recorriendo el este de Francia tres días por semana y había trabado relaciones amistosas con muchos libreros. Estaba al tanto de los gustos de todos, lo que le permitía personalizar sus presentaciones del catálogo. El comercial es un eslabón esencial en la cadena del libro; el vínculo humano con la realidad y, con frecuencia, con una realidad en compás de espera. Año tras año, según iban cerrando librerías, sus giras eran cada vez más cortas; era su piel de zapa personal. ¿Qué quedaría dentro de nada?

Los combatientes del libro tenían maravillado a Maroutou. Juntos formaban una muralla defensiva ante el mundo que estaba llegando, ese mundo que no era ni mejor ni menos bueno, pero que, aparentemente, no situaba ya el libro como valor esencial de la cultura. Hervé coincidía en muchas ocasiones con sus competidores y había trabado una relación personal con Bernard Jean, su homólogo del grupo Hachette. Se encontraban en los mismos hoteles para compartir el menú con todo incluido «especial para comerciales» que ofrecían algunos Ibis. Al llegar al postre*, Hervé habló de Pick. Bernard Jean contestó: «¿No resulta un poco raro eso de publicar a un escritor rechazado?». Esa reacción, que coincidió con el preciso instante en que uno paladeaba una tarta normanda y el otro una *mousse* de chocolate, ya la había anticipado Hervé Maroutou en la reunión de Grasset. Iba siempre un paso por delante.

Le había preguntado a Delphine, por ejemplo:
—¿No resulta un poco arriesgado publicar un libro explicando que lo han encontrado en una estantería de textos rechazados?
—Por supuesto que no —contestó la editora—. La lista de las obras maestras que algunos editores recha-

---

* En el menú, ese apartado se llamaba pomposamente: «Guirnalda de postres».

zaron es muy larga. Voy a preparar una y nos servirá de respuesta.

—No deja de ser cierto —suspiró una voz.

—Y además no hay nada que demuestre que Pick envió su manuscrito. La verdad es que estoy convencida de que lo dejó allí directamente.

Esta última frase modificaba la situación. A lo mejor se trataba de un libro que nunca se había pretendido publicar y no de un libro rechazado. Era poco probable que pudiera comprobarse: las editoriales no conservan en sus archivos la lista de los manuscritos devueltos al autor. Delphine se había preparado para contestar con seguridad y fuerza a todas las preguntas. No quería que cuajara la mínima duda. Habló de lo hermoso que era no intentar publicar y vivir una vida al margen de cualquier reconocimiento.

—Es un genio en la sombra, eso es lo que hay que decir —añadió—. En esta época en la que todo el mundo quiere, cueste lo que cueste, reconocimiento a troche y moche, he aquí un hombre que seguramente se pasó meses puliendo una obra destinada al polvo.

3.

Tras esa reunión, Delphine había decidido preparar unos cuantos elementos para reforzar la idea de que el rechazo no puede en circunstancia alguna ser un valor cualitativo. *Por donde vive Swann,* de Marcel Proust, es seguramente uno de los revolcones más conocidos. Se han escrito tantas páginas y tantos análisis de ese fracaso que sería posible hacer con ellos una novela más larga que la obra en sí. En 1912, a Marcel Proust se lo conoce sobre todo por su afición a la vida mundana. ¿Por eso no lo tomaban en serio? Siempre se les reconoce más mérito a los ermitaños. Se les alaban más las virtudes a los taciturnos y a los enfermizos. Pero ¿es acaso imposible ser a la vez genial y frívolo? Basta con leer un párrafo de la primera entrega de *En busca del tiempo perdido* para percatarse de su calidad literaria. En Gallimard, el comité de lectura lo formaban a la sazón escritores célebres como André Gide. Se alegará que no leyó el libro, sino que lo hojeó y, pertrechado con sus ideas preconcebidas, se topó con expresiones que le parecieron torpes* y con frases largas como insomnios. No lo toman en serio, lo rechazan. A Proust no le queda más remedio que publicar su novela pagándola de su bolsillo. André Gide reconoció más adelante que haber rechazado aquel libro sigue siendo «el mayor error de la NRF». Y Gallimard se enmendó enseguida y finalmente publicó a Proust. En 1919, el segundo tomo del ciclo, *A la sombra de las muchachas en flor,* ganó el premio Goncourt, y a ese escritor, rechazado de entrada, se lo considera desde hace un siglo uno de los mejores de todos los tiempos.

Sería posible citar otro ejemplo emblemático: *La conjura de los necios* de John Kennedy Toole. El autor, a quien dejó exhausto la letanía incesante de los rechazos, se suicidó en 1969, a la edad de treinta y un años. Como epígrafe a su novela había puesto, con premonitoria ironía, la siguiente frase de Jonathan Swift:

---

* Como al evocar a ese personaje que «parece tener vértebras en la frente» (espléndida imagen, dicho sea de paso).

«Cuando aparece en el mundo un verdadero genio, se lo puede reconocer por esta señal: todos los necios se conjuran contra él». ¿Cómo fue posible que un libro así, tan potente por su sentido del humor y su originalidad, no encontrase editor? Tras su muerte, la madre del autor peleó durante años para que se cumpliera el sueño de su hijo: publicar. Ese encarnizamiento obtuvo recompensa y por fin todo el mundo conoció el libro en 1980, y este tuvo un éxito internacional inmenso. Esa novela se ha convertido en un clásico de la literatura norteamericana. La historia del suicidio de su autor, desesperado porque nadie lo leyera, contribuyó seguramente a que pasara a la posteridad. A las obras maestras las acompaña con frecuencia una novela de la novela.

Así que Delphine había tomado nota de esos elementos por si le hablaban en exceso de los posibles rechazos que hubiera padecido Pick. Aprovechó también para ahondar en lo que ya sabía de Richard Brautigan. A menudo había oído cómo lo nombraban algunos escritores, como por ejemplo Philippe Jaenada*, pero aún no había tenido ocasión de leer nada suyo. A veces nos formamos una idea de un autor solo por un título. Por *Un detective en Babilonia,* Delphine asociaba a Brautigan con una versión jipi del inspector Marlowe. Un cruce entre Bogart y Kerouac. Pero, al leer a Brautigan, descubrió su fragilidad, su sentido del humor, su ironía; y algunos matices melancólicos. Le parecía más próximo a otro autor norteamericano a quien aca-

---

* Un escritor cuyo estilo literario le gustaba tanto como su aspecto de oso astuto, pero a quien no veía ya mucho desde que este se había ido de Grasset para regresar con Julliard, su primera editorial.

baba de descubrir, Steve Tesich, y a su novela *Karoo*. Por lo demás, no tenía ni idea de la fascinación que sentía Brautigan por el Japón, un país tan metido en su obra como en su vida. En su diario, el 28 de mayo de 1976, escribió esta frase que Delphine había subrayado:

«Todas las mujeres son tan atractivas en el Japón que a las demás debieron de ahogarlas al nacer.»

Volviendo a la idea del rechazo, también Brautigan se las había visto y deseado, recibiendo una respuesta negativa tras otra. Antes de convertirse en el autor emblemático de toda una generación y de que los admiradores jipis se le echaran encima, había pasado varios años casi en la miseria. Al no estar en condiciones de pagar el autobús, podía suceder que anduviera tres horas para acudir a una cita; como apenas si tenía para comer, no decía que no cuando un amigo lo invitaba a un sándwich. Todos esos años difíciles transcurrieron al compás de rechazos de editores. Nadie creía en él. Textos que llegaron a ser más adelante grandísimos éxitos solo recibían una ojeada rápida y despectiva. No cabe duda de que aquella idea suya de una biblioteca de libros rechazados se nutrió de esa temporada en la que todo el mundo desdeñaba sus palabras. Sabía a la perfección lo que era ser un artista incomprendido*.

---

* Como si el reconocimiento consistiera en que lo comprendieran a uno. Nadie entiende nunca a nadie, y desde luego nadie entiende a los escritores. Van errabundos por reinos de emociones cojas y, la mayoría de las veces, no se entienden a sí mismos.

4.

Según se iba acercando la fecha de publicación y pese a las reacciones entusiastas de libreros y críticos, Delphine se sentía cada vez más estresada. Era la primera vez que notaba una angustia así. Siempre se implicaba mucho en los proyectos, pero el libro de Pick la ponía en un estado febril inédito: la sensación de hallarse en la linde de un asunto de envergadura.

Todas las noches llamaba por teléfono a Madeleine para ver cómo estaba. Siempre le gustaba acompañar a sus autores, pero sentía aún más esa necesidad con la viuda del escritor. ¿Quizá presentía lo que iba a suceder? Había que preparar a esa mujer ya anciana para salir a plena luz. A Delphine le daba miedo trastocarle la vida; no se le había ocurrido antes. A veces le daba apuro haberla convencido para publicar la novela de su marido. No era ese el papel tradicional de un editor; aquella historia podía interpretarse como un viraje del destino y quizá, incluso, como una falta de respeto a la voluntad del autor.

Frédéric, por su parte, andaba bregando con su novela. En etapas así, de dificultades literarias, se las apañaba mal con las palabras: era incapaz de saber qué había que decir para tranquilizar a Delphine. La falta de inspiración lo abarcaba todo, y dejaba a la pareja perdida en una página en blanco. Aquella aventura que había comenzado en Crozon de forma emocionante y alegre se estaba convirtiendo en un proyecto agobiante e invasor. Cada vez le dedicaban menos tiempo al sexo y más a las discusiones. Frédéric no se encontraba bien y se quedaba en casa días enteros, dando vueltas por el piso, esperando a que volviera su mujer como si fuera la prueba de que existían otros seres humanos. Desde hacía poco, sentía la necesidad de que se fijaran en él, como un niño que hace travesuras. Así que anunció, muy seco:

—Quería decirte que he vuelto a ver a mi ex.

—¿Ah, sí?

—Sí, me la encontré por la calle por casualidad. Y fuimos a tomar un café.

—...

Delphine no supo qué contestar. No estaba celosa, pero el tono vengativo que había elegido Frédéric para contarle la anécdota la había sorprendido. Aquella forma tan brusca de exponerla otorgaba importancia a la información. ¿Qué había sucedido? A decir verdad, nada. Cuando la alcanzó y le propuso que fueran a tomar un café, ella le contestó que no podía. Él se lo tomó como una segunda humillación, lo cual era ridículo: Agathe solo le había dicho cosas agradables. Frédéric deformaba la realidad, interpretando dos hechos anodinos como señales de desprecio. Agathe podía haber quedado con alguien, y no era culpa suya si la novela de su exnovio no había tenido el eco suficiente para que se hubiera enterado. Frédéric se negaba a ver las cosas así; a lo mejor era el inicio de alguna forma de paranoia.

—¿Y qué? ¿Lo pasasteis bien? —preguntó Delphine.

—Sí. Estuvimos charlando dos horas, se me pasó el tiempo volando.

—¿Y por qué me cuentas eso así?

—Te mantengo informada, nada más.

—Pues muy bien, pero ahora mismo estoy agobiada. Y ya sabes que no me faltan motivos. Así que ya podrías ser un poco menos brusco.

—Vale, no he hecho nada. He vuelto a ver a una ex, no me he acostado con ella.

—Bueno, me voy a la cama.

—¿Ya?

—Sí, estoy agotada.

—Ya lo ves; lo sabía.

—¿Qué?

—Ya no me quieres, Delphine. Ya no me quieres.

—¿Por qué dices eso?

—Te niegas hasta a pelearte conmigo.

—¡Vaya! ¿Eso es lo que tú llamas querer?

—Sí. Me lo invento todo para comprobar...

—¿Cómo?, ¿que te lo inventas?

—Sí. Me crucé con ella. Pero no tomamos un café.

—No te entiendo. Ya no sé qué es verdad y qué no lo es.

—Es solo que me apetece que nos peleemos.

—¿Que nos peleemos? ¿Quieres que rompa un florero solo para darte gusto?

—¿Por qué no?

Delphine se acercó a Frédéric:

—Estás loco.

Cada día se daba más cuenta. Sabía que no iba a ser fácil vivir con un escritor, pero lo quería, lo quería tanto..., y desde el primer instante. Así que le dijo:

—¿Quieres que nos peleemos, amor mío?

—Sí.

—Esta noche no, porque estoy reventada. Pero pronto, amor mío. Pronto...

Y ambos sabían que siempre cumplía sus promesas.

5.

La joven editora había esperado que el libro fuera un éxito, lo había deseado tanto que había perdido el sueño; pero ¿había imaginado un fenómeno así? No, no era posible. Su mente, aunque accesible a los sueños más extravagantes, no habría podido nunca concebir los improbables acontecimientos que iban a ocurrir.

Todo empezó con el revuelo de los medios de comunicación. Se adueñaron de esa historia, que les pareció *fuera de lo corriente*. Expresión exagerada, pero vivimos en una época de énfasis fácil. Bastaron pocos días para que el libro de Pick se colocase en el meollo de la vida literaria. La novela y toda la génesis de la publicación, por supuesto. Los periódicos hallaban allí un tema emocionante, una historia por contar. Un periodista, amigo de Delphine, se atrevió a hacer esta curiosa declaración:

—Esto es como el último Houellebecq.

—¿Ah, sí? ¿Por qué dices eso? —preguntó ella.

—*Sumisión* es su mayor éxito. Más que el Goncourt. Pero es su peor libro. Se me cayó de las manos. La verdad, para cualquiera a quien le guste Houellebecq, es muy inferior a todo lo demás que ha escrito. Tiene un sentido excepcional de lo novelesco, pero aquí la verdad es que no hay argumento. Y las pocas páginas buenas sobre la sexualidad o la soledad son repeticiones de lo que ya había escrito, pero en peor.

—Te veo muy duro.

—Pero todo el mundo quiso leerlo porque la idea es brillantísima. En dos días, en toda Francia no se hablaba más que de eso. Incluso le preguntaron en una entrevista al presidente de la República: «¿Va usted a leer el libro de Houellebecq?». Menuda promoción; sería difícil superarla. Es una novela que no se mantiene en pie más que por la polémica, algo notable.

—Cada vez que Houellebecq publica un libro pasa lo mismo. Siempre se habla a diestro y siniestro de qué tienen sus novelas. Pero da igual, es un escritor inmenso.

—La cuestión no es esa. Con *Sumisión* fue más allá del ámbito de la novela. Ha entrado antes que los demás en una nueva era. El texto no tiene ya importancia. Lo que cuenta es dar salida a una única idea potente. Una idea que dé que hablar.

—¿Qué tiene que ver con Pick?

—Tu libro huele menos a azufre, es menos brillante y no se apoya en un genio de la comunicación, pero todo el mundo habla de él sin que importe nada el texto. Si hubieras publicado el catálogo de Ikea, habrías dado igual en el blanco. Además, el libro no es tan bueno. Hay partes demasiado largas y suena un poco a tópico. La única parte verdaderamente interesante es la agonía de Pushkin. En el fondo, es un libro sobre la muerte absurda de un poeta.

Delphine no estaba de acuerdo con el punto de vista del periodista. Estaba claro que el arranque comercial fabuloso de la novela de Pick tenía que ver con el contexto, pero no creía que con eso quedara todo explicado. Le llegaba la reacción de muchos lectores a quienes había conmovido el libro. A ella también le parecía un texto estupendo. Pero había un aspecto en el que el periodista llevaba razón: se hablaba mucho más del misterio de Pick que de su libro. Muchos periodistas llamaban para saber más del pizzero. Algunos empezaron a investigar para reconstruir su vida. ¿Quién era? ¿En qué época había escrito el libro? ¿Y por qué no había querido publicarlo? Había que responder a todas esas preguntas. No tardarían en llegar, forzosamente, revelaciones acerca del autor de *Las últimas horas de una historia de amor.*

6.

El éxito llama al éxito. Cuando las ventas de la novela superaron los cien mil ejemplares, muchos periódicos volvieron a hablar del libro recurriendo a la palabra «fenómeno». Todo el mundo quería conseguir la primera entrevista con «la viuda». Hasta el momento, a Delphine le había parecido preferible tenerla a buen recaudo, dejar que la gente fantaseara con la historia sin dar mucha información. Ahora que todo el mundo conocía el libro, podía volver a poner en marcha la comunicación relacionada con ese acontecimiento que iba a ser el descubrimiento de quien había compartido la vida de Henri Pick.

Delphine se decantó por participar en el programa La Grande Librairie. El presentador, François Busnel, consiguió la exclusividad con la siguiente condición: que fuera una entrevista grabada cara a cara en Crozon. A Madeleine no le apetecía nada ir a París. El periodista solía realizar entrevistas fuera del plató, pero era más bien para charlar con Paul Auster o con Philip Roth en los Estados Unidos. Se alegraba de haber conseguido algo que podía considerarse una primicia; por fin se abría una esperanza de saber algo más. Bien pensado, tras un escritor con frecuencia hay una mujer.

La editora durmió muy mal el día anterior al viaje a Bretaña. En plena noche, sintió como si una violenta conmoción interna la zarandeara. Se despertó sobresaltada y le preguntó a Frédéric qué había pasado. Él le contestó:

—Nada, amor mío. No ha pasado nada.

No consiguió volver a coger el sueño y se quedó sentada en el sofá del salón esperando a que amaneciera.

7.

Pocas horas después, acompañada del equipo de televisión, llamaba a la puerta de Madeleine. La anciana no había imaginado que fueran a desplazarse por ella tantas personas: había incluso una maquilladora. Le pareció absurdo.

—No soy Catherine Deneuve —dijo.

Delphine le explicó que en televisión maquillaban a todo el mundo, pero dio lo mismo. Quería salir natural, y posiblemente era lo mejor. Todos se dieron cuenta de que aquella bretona no era de las que se dejan mangonear. François Busnel intentó amansarla haciéndole unos cuantos cumplidos sobre la decoración del salón, y para ello tuvo que rebuscar en lo más hondo de su imaginación. Comprendió por fin que lo más sensato sería hablar de aquella hermosa comarca: Bretaña. Y sacó a relucir varias referencias a autores bretones que no podía decirse que a Madeleine le sonaran.

Comenzó la grabación. Como introducción, Busnel volvió a referir la génesis de la novela. Su entusiasmo era real, sin ser excesivo. Los presentadores literarios deben encontrar el lugar que les corresponde entre el carisma de una encarnación necesaria y la discreción adecuada para un público que prefiere la formalidad al *bluff*. Luego se dirigió a Madeleine:

—¿Qué tal está, señora?

—Llámeme Madeleine.

— ¿Qué tal está, Madeleine? ¿Quiere decirme dónde nos encontramos?

—Pero si lo sabe usted perfectamente. Qué pregunta más rara.

—Es para el telespectador. Quería que nos presentara usted este lugar, porque normalmente el programa se hace en París.

—Ah, sí, todo ocurre en París. En fin, eso es lo que creen los parisinos.

—Así que... estamos en...

—En mi casa. En Bretaña. En Crozon.

Madeleine dijo esa frase algo más alto que las otras, como si el orgullo se revelara mediante un ajuste del nivel sonoro de las cuerdas vocales.

Delphine, sentada detrás de las cámaras, observaba asombrada cómo se desarrollaba la entrevista. Madeleine parecía sorprendentemente a gusto, no del todo consciente quizá de que cientos de miles de personas iban a verla. ¿Cómo imaginar a tanta gente detrás de un solo hombre que habla con una? Busnel fue al grano sin más demora:

—Dicen que no tenía usted ni idea de que su marido había escrito una novela.

—Es cierto.

—¿Se quedó muy sorprendida?

—Al principio sí, mucho. No me lo creía. Pero Henri era peculiar.

—¿En qué?

—No hablaba mucho. Así que a lo mejor es que se guardaba todas las palabras para su libro.

—Regentaba una pizzería, ¿verdad?

—Sí. Bueno, era nuestra.

—Sí, perdón, la pizzería de ustedes dos. Así que estaban todos los días juntos. ¿En qué momento podría haber escrito?

—Por las mañanas seguramente. A Henri le gustaba irse muy temprano. Lo preparaba todo para el servicio de la comida, pero es posible que le quedara algo de tiempo.

—No hay ninguna fecha en el manuscrito. Solo sabemos el año en que lo depositó en la biblioteca. A lo mejor estuvo mucho tiempo escribiéndolo.

—A lo mejor. No puedo saberlo.

—Y el libro, ¿qué le ha parecido?

—Una historia muy hermosa.

—¿Sabe si había determinados escritores que le gustaran?

—Nunca lo vi leer un libro.

—¿De verdad? ¿Nunca?

—No voy a empezar a mentir a estas alturas.

—¿Y Pushkin? Encontraron un libro del poeta en su casa, ¿no?

—Sí, en el desván.

—Hay que recordar que la novela de su marido cuenta las últimas horas de la historia de amor de una pareja que decide separarse al tiempo que refiere la agonía de Pushkin. Agonía completamente sobrecogedora durante la que el poeta sufre muchísimo.

—Es verdad que se queja una barbaridad.

—Estamos a 27 de enero de 1837 y, si puede decirse algo así, no tuvo la suerte de morirse en el acto. «La vida no se le quiere escapar del cuerpo, prefiere quedarse en él haciéndolo sufrir», estoy citando a su marido. Habla de la sangre que corre. Es una imagen que vuelve continuamente, igual que ese amor que se convierte en sangre negra. Es muy hermoso.

—Gracias.

—Así que encontró usted el libro de Pushkin.

—Sí, ya se lo he dicho. Arriba, en el desván. En una caja de cartón.

—¿Había visto ya ese libro en su casa?

—No. Henri no leía. Incluso el periódico lo hojeaba deprisa. Le parecía que las noticias eran siempre malas.

—¿Qué hacía en su tiempo libre, entonces?

—No es que nos sobrara el tiempo. No nos íbamos de vacaciones. Le gustaba mucho la bicicleta, el Tour de Francia. Sobre todo los corredores bretones. Una vez incluso vio a Bernard Hinault en persona; y casi le da algo. Nunca lo había visto así. No era nada fácil de impresionar.

—Ya me lo imagino, sí..., pero volvamos a *Eugenio Oneguin* si le parece, ese libro de Pushkin que encontró en su casa. Su marido subrayó unas líneas. Si me lo permite, me gustaría leerlo.

—De acuerdo —respondió Madeleine.

François Busnel abrió el libro y pronunció estas pocas palabras*:

> *Aquel que vive razonando*
> *termina por sentir desprecio*
> *en su alma hacia los humanos;*
> *aquel que vive atormentado*
> *por el fantasma de lo ido*
> *no alimenta ilusiones,*
> *por los recuerdos abrumado;*
> *imprime esto a menudo*
> *un gran encanto a las charlas.*

—¿Le dice algo? —añadió el presentador, tras haber dejado que se asentara un silencio algo prolongado y más bien inusual en un programa televisivo.

—No —contestó Madeleine en el acto.

—Este fragmento habla del desprecio de los hombres. Su marido vivió, en resumidas cuentas, una vida muy discreta. Y no intentó que le publicaran su libro. ¿Fue una decisión deliberada de no mezclarse con los demás?

—Es verdad que era discreto. Y prefería que nos quedásemos en casa cuando no estaba trabajando. Pero

---

* Las dijo despacio y vigorosamente a la vez, de forma tal que habría podido pensarse que había hecho teatro de joven.

no diga que no le gustaba la gente. Nunca despreció a nadie.

—¿Y esto de los remordimientos? ¿Tuvo que arrepentirse de algo en la vida?

—...

Madeleine, tan locuaz por lo general y tan rápida al responder, pareció titubear antes de quedarse finalmente callada y dejar que el silencio se prolongase. Busnel tuvo que seguir adelante:

—¿Está pensando en algún episodio de su vida o no quiere contestar?

—Es algo personal. Pregunta usted mucho. ¿Es un programa o un interrogatorio?

—Un programa, tranquilícese. Sencillamente queremos conocerla un poco mejor, y también a su marido. Nos apetece saber qué se esconde tras el autor.

—Tengo la impresión de que él no quería que se supiera.

—¿Cree que este libro era personal? ¿Que en el argumento pueda haber una parte autobiográfica?

—Seguramente se inspiró en nuestra separación cuando teníamos diecisiete años. Pero luego la historia es muy diferente. A lo mejor oyó esa historia en el restaurante. Algunos clientes se quedaban por las tardes, bebiendo y contando su vida. Yo, a veces, le hago confidencias a mi peluquero. Así que puedo entenderlo. Por cierto, le mando un saludo; le hará ilusión.

—Sí, por supuesto.

—Bueno, la verdad es que no sé si lo ve a usted. Prefiere los programas de cocina.

—No se preocupe, le mandamos un saludo pese a todo —siguió diciendo Busnel con una sonrisita cómplice, con la intención de compartir con los telespectadores ese momento frívolo; al contrario que en los programas grabados con público, le resultaba difícil saber si había conseguido crear esa complicidad o si el guiño caería en el vacío.

Pero no tenía intención de que la charla pecara de facilona, de hacer hablar a aquella anciana de cualquier cosa. Quería seguir centrado en el tema y todavía tenía la esperanza de dar con algún dato inédito o asombroso sobre Pick. No era posible concluir la lectura de esa novela sin que le entrase a uno una curiosidad absoluta por su improbable génesis. Hablando en general, nuestra época persigue la verdad que hay detrás de todo y, sobre todo, de la ficción.

8.

Para que el interés durase hasta el final del programa, había llegado el momento de hacer una pausa. Normalmente transmitían el retrato de algún librero que comentaba sus corazonadas en el tiempo que dura una reseña; pero, como se trataba de una edición especial, un periodista había entrevistado a Magali Croze para saber algo más de esa famosa sección de la biblioteca dedicada a los libros rechazados.

Desde que había aceptado que la filmasen, Magali estaba al filo de la desesperación. Había comprado en la farmacia píldoras autobronceadoras y se le había puesto un cutis que dudaba entre el amarillo desvaído y el color zanahoria. Había ido tres veces al peluquero (el mismo al que había saludado Madeleine), optando por un nuevo corte antes de echar de menos el anterior. Finalmente se decantó por un flequillo muy raro que le alargaba la frente de forma desmesurada. Al peluquero le pareció que estaba *fabulosa,* palabra que acentuó poniéndose ambas manos en las mejillas, como si se asombrara a sí mismo por haber sido capaz de crear tal obra capilar. Podía asombrarse: nadie en la historia del peinado había visto nunca un corte como ese, a un tiempo barroco y clásico, futurista y pasadísimo de moda.

Quedaba por decidir qué se iba a poner. Tardó bastante poco en optar (en realidad era lo único que tenía a la altura de un acontecimiento semejante) por el traje de chaqueta rosa pálido. Se quedó sorprendida al ver que le costaba enfundarse en él, pero lo consiguió, aunque estuvo a punto de asfixiarse. Con el tono de cutis y el peinado nuevos, y aquel traje de chaqueta salido de las profundidades del vestidor, le costó reconocerse. Frente al espejo, habría sido capaz de llamarse de usted. A José, su marido, que estaba cada vez más flaco a medida que ella se ponía cada vez más gruesa (como si les hubieran asignado un peso de pareja y tuvieran que apañárselas para repartirlo entre los dos cuerpos), lo dejó paralizado aquella visión inédita de su mujer. Le recordó un globo rosa inflado a tope que remataba una cabeza en forma de chucrut.

—¿Qué te parece? —le preguntó ella.

—No lo sé. Queda... raro.

—¡Ay! ¿Por qué te lo pregunto a ti? ¡No tienes ni idea!

El marido se volvió a la cocina, dejando tras de sí el huracán. A fin de cuentas, su mujer llevaba mucho tiempo hablándole en ese tono. Intercambiaban o silencios o palabras demasiado altas, pero el nivel sonoro de su unión pocas veces adoptaba un registro moderado. De qué forma tan paulatina e insidiosa se van acomodando solapadamente las agonías. Al nacer los dos chicos, la vida tomó más que nada un giro logístico. El matrimonio echaba la culpa de su distanciamiento a aquella vida cotidiana agotadora. Cuando los niños crezcan podremos volver a encontrarnos, pensaban. Sucedió exactamente lo contrario. Dejaron un gran vacío al irse. Algo así como un barranco afectivo en el salón. Una falla que ningún amor cansado puede colmatar. Los chicos ponían vida, traían temas de conversación, comentaban el mundo. Ahora todo eso había dejado de existir.

Pese a todo, José decidió volver donde estaba su mujer para tranquilizarla.

—Todo va a salir estupendamente.

—¿Tú crees?

—Sí, sé que vas a estar perfecta.

Aquella repentina ternura conmovió a Magali. Tuvo que reconocer que toda relación afectiva tiene una definición compleja, que pasa continuamente de lo negro a lo blanco; y ya no sabía bien qué pensar. Cuando nos enfadamos, queremos echarlo todo a rodar; y luego, volvemos al cariño y nos coge casi por sorpresa.

Se adueñó además de Magali cierta confusión en lo relacionado con el reportaje filmado. A decir verdad, no lo había entendido muy bien. Se había preparado como si fueran a invitarla a las noticias de las ocho. Para ella, «salir por la tele» quería decir: «Todo el mundo me va a ver». No había supuesto que iba a ilustrar un tema de dos minutos que se nutriría sobre todo de imágenes de la biblioteca y de comentarios de lectores. ¡Tantos esfuerzos para salir diecisiete segundos en un programa literario que, aunque batiera un récord de audiencia, seguiría siendo relativamente íntimo! La periodista le preguntó cómo había nacido la idea de esa biblioteca. Ella mencionó en pocas palabras a Jean-Pierre Gourvec y la acogida entusiasta que le había dado ella a aquel brillante proyecto*.

—Por desgracia no tuvo el éxito esperado. Pero desde lo del libro del señor Pick han cambiado las cosas. Vienen muchas más personas a la biblioteca. La gente es tan curiosa. Localizo enseguida, en cuanto los veo entrar, a quienes vienen a dejarme su manuscrito. Claro está que eso me da más trabajo...

Aunque estaba dispuesta a hablar mucho más rato, le agradecieron su «valioso testimonio». La periodista sabía que iba a ser un tema breve: no valía la pena tener un exceso de material que complicara el montaje. Magali, chasqueada, siguió hablando pese a todo, con o sin cámara:

—Resulta raro. A veces me llegan más de diez personas a un tiempo, nunca había visto nada igual. ¡Como sigamos así, se va a presentar un día un autobús de japoneses!

No andaba desencaminada; el entusiasmo por el lugar aquel iba a seguir en aumento. Pero ahora, Magali

* Un somero retoque de la verdad, como puede comprobarse más atrás en esta narración.

se fue a su despachito y se quitó el maquillaje con la misma melancolía que una actriz vieja en su camerino tras la última representación.

9.

La parte referida a la biblioteca la montaron enseguida para que Madeleine pudiera verla mientras se grababa su entrevista. François Busnel le preguntó si quería añadir algo.

—Es increíble todo lo que está pasando aquí. He oído decir que hay gente que va a nuestra pizzería para ver el sitio donde quizá escribió mi marido. Bueno, espero que no les apetezca comer pizza, porque ahora es una crepería.

—¿Qué siente usted al ver todo ese entusiasmo?

—La verdad es que no lo entiendo. Solo es un libro.

—Es difícil obstaculizar lo que desean los lectores. Por eso también hay periodistas que están investigando el pasado de su marido.

—Sí, ya lo sé, todo el mundo quiere hablar conmigo. Rebuscan en nuestra vida, no es que me guste mucho. A mí me dijeron que hablase con usted. Espero que haya sido de su agrado. Porque, si he de decir la verdad, yo lo que prefiero es que me dejen en paz. Los hay incluso que van a ver su tumba, y eso que no lo conocen. No está bien hacer esas cosas. Es mi marido. Me alegro de que lean su libro, pero, bueno..., ya basta.

Madeleine pronunció esas palabras con firmeza. Nadie se lo esperaba, pero eso era lo que pensaba en el fondo. No le gustaba nada aquel numerito, que iba cada vez a más, en torno a su marido. François Busnel había mencionado a unos periodistas que estaban investigando la vida de Pick: ¿harían alguna revelación? A algunos los movía otra corazonada. Varios* opinaban que el pizzero no podía haber escrito una novela. No sabían quién la había escrito y por qué alguien había usado el apellido de Pick, pero tenía que haber necesariamente una razón y era preciso descubrirla. La entrevista con Madeleine, que confirmaba la vida ordenada y tan poco culta de su marido, respaldaba sus sospechas. Tenían que hacer lo que fuera para dar con la clave de aquel enigma. Y, por supuesto, todos querían ser el primero en conseguirlo.

10.

Al día siguiente de que se emitiera el programa, todo el mundo se quedó estupefacto con las cifras de audiencia. Se habló de récord. Desde hacía varios años, desde la época en que Bernard Pivot presentaba Apostrophes, no se había visto nada igual. Pocos días después, el libro se colocó en el primer puesto de la clasificación de novelas. E incluso en lo tocante a Pushkin, bastante

---

* Entre ellos Jean-Michel Rouche, un antiguo colaborador de *Le Figaro littéraire,* especialista en literatura alemana (un incondicional de la familia Mann), despedido de la noche a la mañana y que, desde entonces, intentaba sobrevivir por libre, alternando los artículos complacientes y la moderación de debates literarios. De momento, lo encontramos en una nota a pie de página, pero no tardará en tener en esta historia una importancia capital.

poco leído hasta entonces en Francia, las ventas se movieron algo. El entusiasmo llegó hasta el extranjero, con ofertas cada vez de mayor importancia que procedían sobre todo de Alemania. En un contexto económico tenso, en una situación geopolítica inestable, la sinceridad de Madeleine, unida al milagro de la historia del manuscrito, había puesto las bases para un gran éxito.

En Crozon, ese repentino interés de los medios cambió también la forma en que miraban a Madeleine. En el mercado notaba perfectamente que la gente no se comportaba como siempre. La miraban como a un bicho raro, y ella llegaba hasta a repartir sonrisitas de falsa complicidad para ocultar su apuro. El alcalde de la ciudad propuso organizar una fiestecita en su honor, lo que ella rechazó categóricamente. Había aceptado que publicasen el libro de su marido y participar en un programa de televisión, pero ahí acababa todo. No pensaba de ninguna manera en cambiar de vida (no era seguro que algo así pudiera decidirse).

Ante el deseo de discreción de Madeleine, los periodistas decidieron volcarse en la hija del escritor. Joséphine, tras años de sombra y retiro, consideró aquel repentino revuelo como un don del cielo. La vida le brindaba una revancha. Cuando Marc la dejó se sintió carente de interés, y hete aquí que ahora la empujaban al centro del escenario. Querían saber cómo era su padre, si le contaba cuentos cuando era pequeña, y como la cosa siguiera así pronto le preguntarían si le gustaba más el brécol o las berenjenas. Igual que la protagonista efímera de algún *reality*, iba a embargarla la sensación de ser alguien particular. *Ouest-France* envió a una periodista para que le hiciera una entrevista larga. Joséphine no se lo podía creer: «El periódico más leído de Francia», suspiraba. Para la foto, pidió, por supuesto, posar delante de su tienda. A la mañana siguiente, sin más demora, se duplicó la afluencia de clientes. Hacían cola para comprar un sostén en el local de la hija del pizzero que había escrito una novela en el mayor secreto (uno de los caminos absurdos que tomó aquella peculiar fama póstuma).

Joséphine había recuperado el uso de los músculos cigomáticos. Podía vérsela pavoneándose delante de su tienda con pinta de haber ganado la lotería. Volvía a escribir su propia historia según los interlocutores: hablaba de la relación en que se fusionaban su padre y ella, mentía al decir que siempre le había notado esa vida interior. Acabó por reconocer lo que todo el mundo quería oír: que no la había sorprendido el descubrimiento. Se callaba, o había olvidado por completo, su primera reacción. Le iba cogiendo gusto a esa droga en la que puede convertirse la fama, quería sumergirse cada día más en aquella luz nueva, aunque corriera el riesgo de ahogarse.

También se quedó patidifusa al recibir una llamada de Marc. Después de separarse, se puso en contacto con ella alguna vez para saber qué tal le iba antes de desaparecer por completo. Joséphine se pasó meses pegada al teléfono, esperando a que la llamase para confesarle que la echaba de menos. Algunos días había apagado y encendido decenas de veces el móvil para comprobar que funcionaba, con ese gesto absurdo de alzar hacia el cielo el aparato para tener más cobertura. Pero él nunca había vuelto a llamar. ¿Cómo era posible romper un vínculo que había sido tan fuerte? Cierto era que sus últimas discusiones no habían sido sino una secuencia caótica de reproches (de ella) y de intentos de escurrir el bulto (de él), y estaba claro que dirigirse la palabra equivalía a hacerse daño.

Aunque, como suele decirse, todo pasa, hay sufrimientos que no se aplacan. Seguía echando de menos a Marc, su presencia en la cama todas las mañanas, por supuesto, pero también sus defectos: aquella forma que tenía de renegar por eso, por lo otro e incluso por lo de más allá. A Joséphine le inspiraba amor lo que antes había aborrecido. Se acordaba de cómo se habían conocido y del nacimiento de sus hijas, todas las imágenes de una felicidad que había enturbiado aquel final. El momento en que le había dicho: «Tengo que decirte algo», esa famosa frase sin esperanza que es, antes bien, el anuncio de que ya está todo dicho. Así que todo había concluido. Pero acababa de sonar el teléfono de la tienda. Marc quería saber qué tal le iba. Se quedó petrificada de sorpresa y no supo qué decir. Él añadió: «Me gustaría verte y que tomásemos un café, si te parece bien». Sí, era Marc, efectivamente, quien le estaba hablando. Marc le preguntaba si le parecía bien quedar. Joséphine juntó todos sus pensamientos para poder convertirlos en uno solo que fuera su respuesta: «Sí». Apuntó la hora y el lugar de la cita y luego colgó. Se quedó varios minutos mirando el teléfono.

Sexta parte

1.

El libro siguió su camino en el primer puesto de las clasificaciones y se convirtió en un fenómeno con varias consecuencias inesperadas. Por supuesto, varios países lo adquirieron, y empezaba a tener muy buena acogida en Alemania después de una traducción exprés. La revista *Der Spiegel* le dedicó a la novela un extenso artículo en el que podía leerse una elaborada tesis que vinculaba a Pick con la lista de escritores ocultos, como J. D. Salinger y Thomas Pynchon. Llegaron incluso a compararlo con Julien Gracq, que en 1951 rechazó el premio Goncourt que le dieron a *El mar de las Sirtes*. La situación no era exactamente igual, pero acercaba al bretón a algo así como una gran familia compuesta por escritores que quieren que los lean pero no que los vean. En los Estados Unidos, el libro iba a publicarse con el título *Unwanted Book*, una decisión sorprendente porque aludía más al proceso de publicación que a la propia novela. Pero era una prueba tangible de que nuestra época estaba mutando hacia el predominio absoluto de la forma sobre el fondo.

Por otra parte, a pesar de que había habido mucho interés por adaptarla al cine, aún no había nada firmado. Thomas Langmann, el productor de *The Artist*, estuvo dándole vueltas a la idea de una película cuyo argumento no fuera la novela sino la vida de su autor; le soltaba a todo el que quisiera oírlo un juego de palabras que se le había ocurrido: «¡Será una *biopick*!». Pero de momento resultaba muy complejo plantearse un guion sobre la vida de Pick porque faltaban demasiados elementos, especialmente las condiciones en las que había escrito el libro. No habría quien aguantara dos horas con un hombre haciendo pizzas y escribiendo por la mañana, a escondidas. «Las películas contemplativas tienen sus límites. Habría estado muy bien para un Antonioni, con Alain Delon y Monica Vitti...», fantaseaba el productor. Pero al final no hizo ninguna oferta. Heidi Warneke, la alemana de voz cordial que se encargaba de la cesión de derechos en Grasset, seguía recibiendo ofertas sin decidirse por ninguna. Prefería esperar a que llegase una propuesta que estuviera a la altura en lugar de precipitarse; con el éxito que estaba teniendo el libro, era obvio que acabaría llegando. Aunque no lo decía, soñaba con que fuera Roman Polanski, porque era el único capaz de darles emoción a las imágenes de un hombre encerrado en un cuarto. Ese libro era la historia de un bloqueo, de la imposibilidad de vivir una historia de amor, y el director de *El pianista* sabía filmar como nadie la estrechez física y mental. Pero acababa de empezar a rodar una nueva película: la historia de una joven pintora alemana que había muerto en Auschwitz.

2.

Hubo otras consecuencias aún más inesperadas. Empezaron a hacerse lenguas de que era una suerte que lo rechazaran a uno. Los editores no siempre tenían razón; Pick era un nuevo ejemplo de ello. Como quien no quiere la cosa, nadie se acordaba de que no existía ninguna prueba material que demostrase que había enviado el manuscrito a alguna editorial. Pero aquella era una ola en la que se podía surfear. La generalización del libro digital favorecía que cada vez más escritores publicaran sus obras en internet después de que los rechazaran las editoriales tradicionales. Y el público podía convertirlos en un éxito, como había sucedido con la serie de libros *After*.

Richard Ducousset, de la editorial Albin Michel, fue el primero al que se le ocurrió una buena idea publicitaria. Le pidió a su ayudante que buscara algunos libros «no demasiado malos» entre los que había rechazado últimamente. Al fin y al cabo, a veces el editor tiene dudas y acaba renunciando a publicar una novela aunque no carezca de ciertas cualidades. La ayudante llamó al escritor elegido para saber cuántas veces lo habían rechazado.

—¿Me llama para saber cuántas editoriales han rechazado mi libro?

—Sí.

—Qué cosa más rara.

—Es solo por curiosidad.

—Pues me parece que unas diez.

—Muchas gracias —dijo ella antes de colgar.

No eran suficientes. Tenía que encontrar a un campeón de los rechazos. Tal fue el caso de *La gloria de mi hermano,* novela de un tal Gustave Horn, que había padecido treinta y dos rechazos. Richard Ducousset no esperó para proponerle un contrato al autor, que pensó que se trataba de una broma, ¿o quizá de una cámara oculta? No, el contrato era de verdad de la buena.

—Pues no lo entiendo. Hace unos meses no quiso saber nada de mi libro. Recibí una carta estándar.

—Hemos cambiado de parecer. Todo el mundo puede equivocarse... —explicó el editor.

Pocas semanas más tarde, el libro salió al mercado con la siguiente faja cruzándole la cubierta:

«La novela que rechazaron 32 veces.»

Aunque no tuvo tanto éxito como el de Pick, sobrepasó la muy respetable cifra de veinte mil ejemplares. A los lectores les había intrigado una novela que habían rechazado tantas editoriales. Esa atracción se interpretaba como un gusto por lo transgresor. Incapaz de captar lo irónica que resultaba aquella situación, Gustave Horn sintió que por fin su talento recibía la recompensa que merecía. Estaba tan convencido que no comprendió por qué la editorial rechazó el siguiente manuscrito que presentó.

3.

Al incombustible Jack Lang, antiguo ministro de Cultura francés, se le ocurrió la idea de celebrar el «Día de los escritores no publicados»*. Sería un homenaje a todas las personas que escriben sin tener quien las publi-

---

* Estuvo barajando denominaciones más sencillas, como el «Día de la escritura» o incluso la «Fiesta de la escritura». Pero al final decidió darles el protagonismo a los escritores no publicados: era una forma de conmemorar no tanto a los escritores *amateurs* como a los que no habían alcanzado reconocimiento alguno.

que. Ya desde el primer año, tuvo una gran acogida popular. Inspirándose en la Fiesta de la Música, que también había instaurado Lang, los novelistas y poetas noveles invadieron las calles para leer las historias que habían escrito o compartir esas palabras con quien quisiera oírlas. Una encuesta del periódico *Le Parisien* confirmó que una tercera parte de los franceses escribía o querría hacerlo: «Casi podría decirse que, en la actualidad, hay más escritores que lectores», concluía Pierre Vavasseur en su artículo. Bernard Lehut glosó el éxito del acontecimiento en la emisora RTL: «Todos llevamos dentro algo de Pick». El éxito de ese libro que había aparecido en medio de los rechazados era sintomático de que un sector entero de la población estaba deseando que lo leyeran. Augustin Trapenard aprovechó la ocasión para invitar a la radio a un filósofo húngaro especializado en supresión de la experiencia y, en particular, en la obra de Maurice Blanchot. Pero hubo un problema: aquel hombre se identificaba tanto con ese tema suyo que hacía pausas interminables entre frase y frase; como si quisiera suprimirse a sí mismo paulatinamente de la transmisión.

Así pues, Pick acabó estando en boca de todos, convertido en el símbolo de lo que sueñan quienes aspiran a que algún día les reconozcan su talento. ¿Quién podría creer a los que dicen que escriben para sí mismos? Las palabras siempre tienen una meta, buscan la mirada ajena. Escribir para uno mismo sería como hacer el equipaje para no marcharse. Si bien la novela de Pick gustaba a los lectores, lo que más los conmovía era su vida. Reflejaba la fantasía de ser otro, el superhéroe cuyas capacidades extraordinarias no conoce nadie, el hombre discreto cuyo secreto consiste en tener una sensibilidad literaria imperceptible. Y cuanto menos se sabía de él, más fascinante resultaba. Su biografía no dejaba entrever nada que no fuera una vida anodina y lineal, lo que reforzaba la admiración, por no decir el mito. Cada vez había más lectores que deseaban seguir sus huellas e iban a meditar a su tumba. Al cementerio de Crozon acudían los admiradores más fervientes. Madeleine se cruzaba a veces con ellos. Como no entendía sus motivos, no tenía empacho en pedirles que se fueran y dejaran a su marido en paz. ¿Acaso era de las que piensan que se puede despertar a los muertos? En cualquier caso, lo que sí se podía era perturbar sus secretos.

Esos peculiares visitantes también acudían a la pizzería de los Pick. Se llevaban un chasco al comprobar que se había convertido en crepería. Los nuevos propietarios, Gérard Misson y Nicole, su mujer, sorprendidos a la par que complacidos por aquella afluencia de público, decidieron añadir pizzas a la carta. Los primeros días fueron un desastre; al cocinero le costaba asumir la transformación. «Y ahora, por si fuera poco, tengo que hacer pizzas..., y todo por culpa de un libro», repetía, incrédulo, mientras intentaba familiarizarse con el horno. La crepería no tardó en pasar a la historia. Y cada vez más clientes querrían visitar el sótano donde Pick había escrito la novela. Misson iba a disfrutar mucho organizando aquella peregrinación, y no se cortaba en ir aderezando, mes a mes, una historia cuyos elementos le eran ajenos. Así se inventaba la novela de la novela.

Una mañana, mientras colocaba comestibles en el almacén, Gérard Misson decidió bajar allí una de las mesitas del restaurante. Cogió una silla y se sentó. Él, que jamás había escrito una línea, pensó que a lo mejor la inspiración procedía de ese lugar mágico, y que bastaba con sentarse delante de una mesa con un papel y un bolígrafo para que se obrara el milagro. Pero no sucedió nada. Ni una idea, nada de nada. Ni un atisbo de frase. Desde luego, era mucho más fácil hacer *crêpes* (e incluso pizzas). Se llevó un chasco tremendo, después de haberse pasado varios días fantaseando con convertirse también él en un escritor de éxito.

Su mujer lo pilló en esa postura improbable.
—¿Pero qué haces?
—Esto..., no es lo que tú crees.
—¿Estás escribiendo? ¿Tú?
A Nicole le dio un ataque de risa y subió de nuevo al comedor. Fue una reacción más bien cariñosa, pero Gérard se sintió como si lo hubieran humillado. Su mujer no lo consideraba capaz de escribir, ni siquiera de quedarse pensando un rato. No volvieron a hablar de ese instante, pero iba a ser el inicio de una fisura en su matrimonio. En ocasiones tenemos que actuar de forma sorprendente, derrapar y salirnos de lo cotidiano en cierto modo, para saber lo que el otro piensa realmente de nosotros.

4.

Aquel resquebrajamiento del matrimonio Misson fue una de las innumerables consecuencias de la publicación de la novela de Pick. Esa novela cambiaba vidas.

Y, por supuesto, su fama se extendió a la biblioteca de los libros rechazados.

Magali, que llevaba varios años sin prestarle casi atención, tuvo que volver a organizar la zona dedicada a los olvidados de la edición. Al principio, la cosa no pasó de algunos individuos, pero no tardó en verse desbordada. Pareciera que todos los franceses tenían un manuscrito debajo del brazo. Muchos ignoraban que había que depositarlo personalmente; empezaron a llegar decenas de novelas todos los días, como si fuera una importante editorial parisina. Abrumada por la situación, Magali le pidió ayuda al ayuntamiento, que abrió un anexo a la biblioteca reservado exclusivamente a los libros rechazados. Crozon se convertía así en la ciudad emblemática de los escritores no publicados.

Resultaba extraño ver cómo recorrían esa pequeña población remota, que solía ser tan apacible, aquellas sombras humanas, aquellos hombres y mujeres a los que impulsaba su gusto por las palabras. Se notaba enseguida quiénes iban a depositar un manuscrito. Aunque no todos tenían pinta de derrotados. Había a quien le parecía muy distinguido dejar aquí un texto, aunque fuera un diario íntimo. La ciudad daba acogida a las palabras de todos, en una avalancha excéntrica. Algunos escritores venían de muy lejos: se llegó a ver por allí a dos polacos que habían viajado expresamente desde Cracovia para dejar lo que consideraban una obra maestra incomprendida.

Un joven llamado Jérémie vino desde el sudoeste de Francia para deshacerse de una antología de relatos breves y algunos fragmentos poéticos, fruto de su trabajo de los meses anteriores. Tendría unos veinte años y se parecía a Kurt Cobain, una silueta larguirucha y encorvada, de melena rubia y sucia; pero de ese aspecto desaliñado se desprendía una luminosidad conmovedora. Jérémie parecía desfasado con respecto a su época, como si acabase de salir de un álbum de fotos de la década de 1970. Sus textos mostraban influencias de René Char o Henri Michaux. Su poesía, que pretendía ser comprometida e intelectual, resultaba inaccesible para cualquiera que no fuera él. Jérémie tenía la fragilidad de los que no encuentran su lugar y van errando indefinidamente en busca de algún sitio donde recostar la cabeza.

Magali estaba harta de recibir sin tregua a los portadores de manuscritos y a veces le daba por maldecir a Gourvec por habérsele ocurrido esa idea estrambótica. Aquel proyecto le parecía más absurdo que nunca, pues solo tenía en cuenta la cantidad de trabajo extra que le suponía. Cuando atisbó a Jérémie, pensó que era otro colgado con mono de notoriedad que iba allí a darle el coñazo como todos los demás. Casi sonriente, le entregó el texto. Su actitud afable no pegaba nada con su aspecto rugoso y huraño. Magali acabó valorando su presencia y pudo percatarse al fin de lo guapo que era.

—Confío en usted para que no lea mi manuscrito —dijo casi susurrando—. Es que es tan íntimo...

—Descuide... —contestó Magali ruborizándose levemente.

Jérémie sabía que esa mujer iba a leer lo que había escrito, precisamente por lo que acababa de decirle.

Qué más daba. Aquel lugar era como una isla donde el hecho de que los demás te juzgasen ya no importaba nada. Aquí, se sentía sin lastres. Aunque solía ser muy tímido, a pesar de su aparente aplomo, se quedó un rato en la biblioteca observando a Magali. Desconcertada por esa mirada azul que la iba siguiendo, ella intentó aparentar que todos sus movimientos tenían una finalidad. Pero saltaba a la vista que no había dejado de bracear sin ton ni son desde que había entrado Jérémie. ¿Por qué la miraba así? ¿Sería un psicópata? No, parecía amable e inofensivo. Se le notaba en la forma de andar, de hablar, de respirar; parecía como si pidiera disculpas por existir. Y sin embargo, se desprendía de él un carisma innegable. Resultaba imposible apartar la mirada de ese hombre con pinta de aparecido*.

Jérémie se quedó allí aún un buen rato sin decir nada. De vez en cuando, cruzaban una sonrisa. Al cabo, se acercó a Magali:

—¿Quizá podríamos ir a tomar algo?, ¿cuando salga de trabajar?

—¿A tomar algo?

—Sí, estoy solo aquí. He venido desde lejos para depositar el manuscrito. No conozco a nadie..., así que, si usted pudiera, estaría muy bien.

—De acuerdo —contestó Magali, que fue la primera sorprendida por esa respuesta espontánea que no había validado su yo racional. Pero ya había dicho que sí..., de modo que iría a tomar algo con él. Aunque solo por cortesía, porque él no conocía a nadie. De

---

* Si Magali hubiera sabido quién era Pasolini, habría recordado al protagonista de la película *Teorema,* cuya presencia fantasmagórica perturbaba el alma de los demás.

hecho, ese era el motivo por el que quería tomar algo
con ella, nada más. No quiere estar solo, es comprensible, nada más, por eso quiere ir a tomar algo conmigo,
pensó Magali, que estuvo rumiando la situación durante varios segundos que se hicieron eternos.

5.

Unos minutos más tarde le envió un mensaje a su
marido: tenía mucho trabajo atrasado. Era la primera
vez que le mentía; no por decisión propia, sino porque
nunca había tenido necesidad de faltar a la verdad. El
único inconveniente era que Crozon es una ciudad pequeña y todo se acaba sabiendo. Quizá lo mejor fuera
quedarse en la biblioteca, después de cerrar. Tenía un
despachito donde podían tomar algo. ¿Por qué había
dicho que sí? Sentía que ese momento que iba a vivir la
atraía como un imán. Si decía que no, ya nunca le pasaría nada más en la vida. ¿Había soñado alguna vez
con algo así? Le costaba saber qué sentía exactamente.
Hacía mucho tiempo que no se planteaba nada sobre
sus deseos, ni siquiera sobre su sexualidad. Su marido,
ya no podía decirse que la tocara; de vez en cuando se
ponía cachondo, se le tumbaba encima y se desfogaba
maquinalmente, y aunque podía resultar agradable,
aquello tenía algo de apareamiento primario sin un
ápice de sensualidad. Y hete aquí que aquel joven quería ir a tomar algo con ella. ¿Qué edad tendría? Parecía
más joven que sus hijos. ¿Puede que veinte? Tenía la
esperanza de que no fueran menos años. Resultaría
sórdido. Pero no iba a preguntárselo. Bien pensado, no

quería saber nada de él, prefería dejar que ese momento fuera un misterio, algo fuera de la realidad que no repercutiera en ningún otro aspecto de su vida. Además, solo iban a tomar algo, y sanseacabó, solo a tomar algo.

Ahora, Jérémie apuraba su cerveza mirando fijamente a Magali. Ella desvió el rostro, buscando cierta compostura y soltando dos o tres frases triviales para llenar el silencio insostenible. Jérémie le dijo que se relajara: no tenían ninguna obligación de hablar. Por él, podían quedarse así perfectamente. Se oponía a cualquier clase de convención en las relaciones, empezando por esa obligación de hablar cuando se juntaban dos personas. Sin embargo, fue él quien volvió a tomar la palabra:

—Es una biblioteca extraña.

—¿Extraña?

—Sí, no me digas que no es raro, la zona esa para los libros rechazados. Como si fuera una zona maldita o algo así.

—Yo no lo veo así.

—¿Y entonces, cómo lo ves?

—Para mí, había dejado de existir. Hasta que llegó el libro ese de Pick.

—¿Crees que de verdad lo escribió él?

—Sí, por supuesto. ¿Por qué no iba a ser suyo?

—Por nada. Haces pizzas, nunca lees ningún libro, y después de morirte descubren que has escrito una gran novela. Es raro, ¿no?

—No lo sé.

—¿Tú haces cosas que no sabe nadie?

—No...

—Y la biblioteca esa, ¿a quién se le ocurrió?

—Al que me contrató. Jean-Pierre Gourvec.

—¿Y él escribía?

—No lo sé. No lo conocía tanto.

—¿Cuánto tiempo pasaste con él?

—Diez años largos.

—Pasaste con él todos los días durante diez años en este sitio diminuto y dices que no lo conocías.

—Bueno, sí..., hablar, hablábamos. Pero no tengo mucha idea de lo que pensaba.

—Mi libro, ¿crees que vas a leerlo?

—Supongo que no. A menos que tú quieras. Nunca abro los libros que traen. Reconozcámoslo, la mayoría son malos. Ahora todo el mundo se piensa que sabe escribir. Y la cosa va a peor desde el éxito de Pick. Por lo que cuentan, todos son unos genios incomprendidos. Eso es lo que me dicen. Estoy hasta la coronilla de marginados sociales.

—¿Y yo?

—Tú ¿qué?

—¿Qué pensaste de mí cuando me viste?

—...

—¿No quieres decírmelo?

—Que eras muy guapo.

Magali no podía creerse lo que había dicho. Así de sencillo. Se podía haber sentido apurada cuando pasaron del diálogo al interrogatorio, pero qué va, quería seguir alternando con él mucho más rato; y bebiendo hasta la mañana siguiente, con la esperanza, incluso, de que esa noche no desembocase en un nuevo día sino que se perdiese por los derroteros de algún abismo temporal. Por muy sincera y directa que fuese, nunca mencionaba sus sentimientos o emociones. ¿Por qué le había confesado que le parecía guapo? Ese era el dato principal, que daba al traste con todos los demás. Aunque le gustase hablar con él, no dejaba de ser una menudencia comparada con el deseo creciente que le inspiraba. ¿Cuánto tiempo hacía que no se sentía así? Era incapaz de decirlo. Bien pensado, quizá fuera la primera vez. Aquel deseo era tan intenso como el vacío erótico anterior. Jérémie la miraba fijamente, esbozando apenas una sonrisa; se diría que se deleitaba frenando el tiempo, evitando que se precipitasen los acontecimientos.

Al cabo, se levantó y se acercó a Magali. Le apoyó la cabeza en el hombro. Ella procuró controlar la respiración para que no se le notara el corazón desbocado. Jérémie le deslizó la mano por todo el cuerpo y le levantó el vestido; incluso antes de besarla, la penetró con el dedo. Ella se aferró a él de forma desmedida, pues el mero hecho de que la tocaran era como caer en un universo ya olvidado. Entonces él la besó vigorosamente, sujetándole la nuca con firmeza. Ella se dejó caer hacia atrás, ligera como si el cuerpo se le evaporase de placer. Él le agarró la mano para llevarla a su sexo; ella obedeció sin mirar y lo manipuló torpemente, pero él ya estaba lo bastante excitado. Jérémie le pidió que se levantara y se diera la vuelta, y la tomó por detrás inmediatamente. Era imposible que Magali supiera cuánto tiempo duró aquello, pues cada segundo borraba el anterior con una intensidad física encaminada a olvidar el presente.

6.

Ahora estaban los dos tendidos en el suelo, a media luz. Magali con el vestido subido y Jérémie con los pantalones bajados. Magali oyó que sonaba el teléfono, debía de ser su marido, pero no le importaba nada. Tenía la esperanza de volver a hacer el amor con Jérémie esa misma noche, repentinamente perpleja por haberse pasado la vida resguardada de los demás cuerpos. Pero se vistió, apurada por haber exhibido así su desnudez. ¿Cómo era posible que Jérémie la deseara? ¿Y por qué a ella? Seguro que podía permitirse a cualquier mujer. Había sido como un espejismo, o como uno de esos encuentros que solo suceden en las películas. Lo que tenía que hacer era no embalarse y limitarse a paladear la belleza del momento; él se marcharía y sería un final perfecto; podría revivir mentalmente una y otra vez cada segundo de su recuerdo, y de esa forma conseguiría que existiese de nuevo.

—¿Por qué te vistes?
—No lo sé.
—¿Tienes que volver? ¿Te está esperando tu marido?
—No. Bueno, sí.
—Me gustaría que te quedaras, si puedes. Seguramente pasaré la noche aquí, si te parece bien. No he cogido habitación.
—Sí, por supuesto.
—Me apetece repetir.
—No te parece que estoy...
—¿Qué?
—¿No te parece que estoy muy gorda?

—No, para nada. Me gustan las mujeres con curvas, me reconfortan.

—¿Y tan necesitado estabas de que te reconfortara alguien?

—...

7.

José, preocupado, envió otro mensaje: iba a ir a la biblioteca. Magali contestó que sentía mucho que la hubiese abducido el inventario y que volvería a casa de inmediato. Recogió sus cosas, desordenadamente, mientras le lanzaba ojeadas al hombre con quien acababa de acostarse.

—Así que soy un inventario —suspiró él.

—Tengo que volver, no me queda otra.

—No te preocupes, ya lo sé.

—¿Estarás aquí mañana por la mañana? —preguntó Magali, que sabía de sobra la respuesta.

Jérémie se marcharía; era el tipo de hombre que se marchaba. Sin embargo, le respondió que estaría allí con tono de intensa convicción, como dándolo por hecho. La besó una última vez, sin decir nada. Sin embargo, Magali creyó oír unas palabras. ¿Había dicho algo? Los sentidos, confusos, entorpecían el momento con esas alucinaciones mínimas en las que hay que agarrarse al otro para saber con certeza lo que es real. Por fin, volvió a susurrarle:

—Mañana por la mañana, ven antes de abrir la biblioteca y despiértame con la boca...

Magali ni siquiera intentó comprender el significado exacto de esa petición erótica, dejándose llevar únicamente por la dicha de esa cita de los cuerpos; dentro de unas horas, volverían a estar juntos.

Ya en el coche, en lugar de volver a casa a toda prisa hizo una pausa antes de arrancar. Encendió primero las luces y luego el motor. Cada gesto anodino cobraba una dimensión mitológica, como si lo que acababa de pasarle se extendiera por toda su vida. Hasta la carretera por la que iba a diario desde hacía décadas le pareció distinta.

Séptima parte

1.

Años atrás, Jean-Michel Rouche tenía una innegable influencia en el mundillo literario. Eran de temer sus artículos, especialmente su editorial de *Le Figaro littéraire*. Le gustaba disponer de ese poder, se hacía de rogar para comer con las agentes de prensa y siempre hacía una pausa antes de dictar sentencia sobre tal o cual novela, que caía como un oráculo. Era el príncipe de un reino efímero que él pensaba que era eterno. Bastó con que el periódico cambiara de director para que le agradecieran los servicios prestados. El prestigio de ese cargo recayó en otro editorialista a quien, a su vez, despedirían pasados unos años: ese era el vals incesante de aquella frágil potencia.

Sin darse cuenta, Rouche se había creado muchos enemigos en su época de gloria. Nunca se le ocurrió que estuviera siendo malo o injusto cuando denunciaba poses y escritores sobrevalorados, sino más bien intelectualmente honrado con lo que sentía. No siempre había actuado pensando en hacer carrera; eso no se le podía negar. Pero le resultó imposible encontrar un medio donde expresarse; ni en la radio ni en la televisión, y aún menos en la prensa escrita. Paulatinamente, se olvidarían de él; se convertiría en un nombre de los que se quedan en la punta de la lengua.

Sin embargo, la mala racha que estaba pasando no le amargó el carácter, sino que se tornó casi benevolente. Moderaba mesas redondas en ciudades de provincias, y así descubrió que detrás de cada escritor, incluso del más mediocre, siempre había una gran capacidad de trabajo y el sueño de culminar una obra. Compartía bufés fríos y cigarrillos liados a mano con los testigos de su declive. Por la noche, en la habitación del hotel, se concentraba en su pelo y comprobaba con espanto cómo iba clareando inexorablemente. Sobre todo en la coronilla. Estableció un paralelismo entre su vida social y su vida capilar; la prueba más evidente era que se le había empezado a caer el pelo a raíz de que lo despidieran.

En cuanto salió el libro de Pick, empezó a obsesionarse con aquella historia. Brigitte, su pareja desde hacía tres años, no entendía por qué hablaba tan a menudo de esa publicación que, según él, tenía algo turbio. Le olía a montaje literario:

—Ves conspiraciones por todas partes —contestó Brigitte.

—No me creo que ningún artista quiera permanecer oculto. Bueno, puede pasar, pero en contadísimas ocasiones.

—En absoluto. Hay mucha gente con talento que prefiere guardárselo para sí. Yo, por ejemplo, ¿a que no sabías que canto en la ducha? —proclamó Brigitte, muy orgullosa de su ocurrencia semisonora y semilíquida.

—Pues no, no lo sabía. Y no es por ofenderte, pero no creo que sea exactamente lo mismo.

—…

—Mira, así lo siento y no hay vuelta de hoja. Cuando se sepa la verdad, más de uno se va a llevar una sorpresa, te lo digo yo.

—Pues a mí me parece una historia bonita y me la creo. Tú es que estás desencantado, y es muy triste.

Jean-Michel no supo qué contestar a esa réplica algo brusca. Era otro reproche. Se daba perfecta cuenta de que Brigitte se estaba cansando de él. No era de extrañar. Se le caía el pelo, estaba engordando, carecía de una vida social emocionante y ganaba cada vez menos dinero; ya no podía invitarla a un restaurante porque sí. Tenía que planificar hasta el gasto más insignificante.

La verdad es que todo aquello a Brigitte le importaba poco. Lo que más deseaba era que Jean-Michel recuperase la fogosidad de los primeros tiempos de la relación; su forma de contar historias, de entusiasmarse. Aunque casi siempre se mostraba amable y atento, ella notaba cómo su lado oscuro avanzaba palmo a palmo. Dejaba que lo invadiese la acritud. A Brigitte no le sorprendía, pues, que fuese tan incrédulo con aquel escritor bretón. Sin embargo, estaba equivocada. De hecho, estaba sucediendo precisamente lo contrario de lo que ella creía. A Jean-Michel se le había despertado algo por dentro. Hacía mucho tiempo que no se sentía tan motivado. Quería investigar, convencido de que el resultado sería determinante para él. Gracias al libro de Pick, iba a volver a la primera fila literaria. Para lograrlo, tenía que confiar en su intuición y descubrir los elementos de esa superchería. Y lo primero de todo era ir a Bretaña.

Le suplicó a Brigitte que le dejara el coche. Ella tenía motivos para pensárselo: sabía lo mal que conducía Jean-Michel. Pero tampoco le parecía tan mala idea quitárselo de encima unos días. Podría venirles bien, a los dos. De modo que accedió, insistiéndole en que tuviera mucho cuidado porque no le quedaba suficiente dinero para pagar un seguro innecesario. Él preparó la bolsa de viaje rápidamente y se sentó al volante. No llevaba recorridos ni doscientos metros cuando, al tomar mal la primera curva, le hizo un arañazo al Volvo.

2.

Después de haber visto a Madeleine en la televisión, Rouche estaba convencido de que no iba a sacarle ningún dato nuevo. Tenía que centrarse directamente en la hija, a la que le gustaba explayarse en las entrevistas. Hasta el momento, solo le habían pedido que contase anécdotas del pasado, nada con demasiada punta, pero Rouche iba a hacer cuanto pudiera para que le enseñara todos los documentos posibles. Estaba convencido de que en alguna parte encontraría la prueba que confirmaría que su intuición era cierta. Joséphine no se hastiaba del frenesí mediático. Aprovechaba para hablar de su tienda, lo que le suponía una publicidad nada desdeñable. El periodista había leído los artículos en internet y no pudo evitar una opinión negativa de Joséphine, por no decir que le pareció bastante estúpida.

En la autopista, camino de Rennes, se obsesionó con el arañazo. A Brigitte le iba a sentar fatal. Aunque siempre podía negar que fuera culpa suya. Era plausible. Se había encontrado el coche así; un vándalo que ni siquiera había dejado su número de teléfono, y punto. Pero estaba seguro de que no se lo creería. Él era esa clase de persona que cuando le prestan el coche, lo raya. Podría prometerle que lo mandaría arreglar, pero ¿con qué dinero? La precariedad económica le complicaba todas las relaciones con los demás, empezando por el hecho de tener que pedir prestado el coche. Si hubiese tenido con qué, habría alquilado uno, con todos los seguros adicionales y la opción «arañazos incluidos».

Mientras conducía, les pasó revista a los meses anteriores. Se preguntaba hasta dónde lo llevaría la espiral del fracaso. Se había mudado de su piso acomodado a una habitación en la última planta de un señorial edificio parisino; con esa dirección, podía seguir dando buena impresión. Nadie sabía que no subía a su casa en ascensor sino por la escalera de servicio. La única a quien finalmente se lo confesó fue a Brigitte. Después de varias semanas de relación amorosa, ya no podía seguir ocultándole la verdad. Había pasado semanas negándose a que fuera a su casa, de lo que ella dedujo que estaba casado. Se sintió muy aliviada al descubrir que la historia era muy distinta: Jean-Michel estaba arruinado. A Brigitte, eso le daba igual. Llevaba toda la vida peleando sola para criar a su hijo y no había recurrido a nadie. Al enterarse de la verdad, sonrió: siempre se enamoraba de hombres sin blanca. Aunque, al cabo de unos meses, aquello se convertía en un inconveniente.

A medida que se acercaba a Rennes, Rouche intentó olvidarse del arañazo y lo desastrada que era su vida en general para centrarse en la investigación. Cuando conducía se sentía vivo. En ocasiones, lo que necesitamos es ver cómo va pasando el paisaje para estar seguros de que existimos. Desde luego, no era una investigación sobre un asesinato o una serie de desapariciones en México*, pero tenía que sacar a la luz una superchería literaria. Como llevaba una buena temporada sin conducir, le pareció prudente hacer un alto. Contento, a fin de cuentas, se tomó una cerveza en una estación de servicio y estuvo dudando entre varias chocolatinas. Prefirió seguir con otra cerveza. Se había hecho la promesa de beber menos, pero aquel no era un día cualquiera.

Rouche llegó a Rennes a media tarde. Sin la ayuda del GPS, tardó más de una hora en dar con la tienda de Joséphine. Encontró sitio para aparcar justo delante y se lo tomó más como un símbolo que como un dato concreto. No se lo podía creer; le causó una alegría desproporcionada. Durante años, cada vez que tenía ocasión de conducir, era de los que se pasan horas dando vueltas y vueltas para terminar aparcando en carga y descarga, cosa que lo ponía de los nervios para el resto de la velada. Hoy, todo era distinto. Tan emocionado estaba por esa buena mano que calculó mal la maniobra y le hizo otro arañazo al coche.

Con lo contento que estaba y volvía a darse de bruces con la realidad de su deplorable situación. Aún

---

* Estaba leyendo *2666* de Roberto Bolaño.

peor: ya no conseguiría que Brigitte se tragara que no era cosa suya. Las probabilidades de que a un coche lo ataque un vándalo dos veces en un solo día son muy bajas. A menos que se inventara una causa malintencionada. Algún resentido por culpa de su investigación. No atinaba a calcular el grado de credibilidad de esa hipótesis. ¿Qué resentimiento podía causar que investigara a un posible autor fantasma oculto tras un pizzero bretón?

3.

Algo desencantado, y para darse ánimos antes de acometer el primer acto de su investigación, decidió tomarse una cerveza en el bar de enfrente. Hecho lo cual se pidió «la hermana pequeña», esa expresión que tanto les gusta a los bebedores franceses que, bajo esa apariencia amable y de tierna ironía, pretenden ocultar la realidad de un engranaje sistemático.

Al cabo de unos minutos entró en la tienda. Tenía más pinta de viejo verde que va a curiosear bragas que de marido con intención de regalarle lencería a su mujer. Se le acercó Mathilde, la dependienta nueva. Tras licenciarse en Empresariales, le había costado mucho encontrar un empleo fijo. Había empalmado varios trabajos de poca monta hasta conseguir, por fin, firmar un contrato. Ese golpe de suerte se lo debía a la novela de Henri Pick. Las entrevistas le habían dado tanta publicidad a su tienda que a Joséphine no le quedó más remedio que contratar a una ayudante. En vista de eso,

Mathilde se leyó *Las últimas horas de una historia de amor* y le pareció muy triste; pero era de lágrima fácil.

—Buenas tardes, ¿puedo ayudarlo en algo? —le preguntó a Rouche.

—Me gustaría hablar con Joséphine. Soy periodista.

—Lo siento, pero no está.

—¿Y cuándo volverá?

—No lo sé. Pero hoy ya no creo que vuelva.

—¿Lo cree o lo sabe?

—Dijo que iba a estar fuera una temporada.

—Eso es muy ambiguo. ¿Podría llamarla por teléfono?

—Ya lo he intentado y no la localizo.

—Pues sí que es raro. Hasta hace solo unos días estaba hasta en la sopa.

—No, no es nada raro. Me avisó. Puede que solo necesitara tomarse un descanso, nada más.

—Un descanso —repitió él, bajito, pensando que aquella repentina desaparición resultaba muy extraña.

En ese momento entró una señora cincuentona. La dependienta le preguntó qué deseaba pero no contestó. Se giró, apurada, hacia Rouche. Este comprendió que él era el culpable de que guardara silencio. A todas luces, a esa mujer no le apetecía nada hablar de sus preferencias de lencería delante de él. Le dio las gracias a Mathilde y salió de la tienda. Como no sabía qué hacer, se acomodó de nuevo en la terraza del café de enfrente.

4.

En ese preciso instante, Delphine y Frédéric estaban acabando una comida que se había prolongado bastante. Después de todo lo que había trabajado los meses anteriores, Delphine por fin había encontrado un rato para sí y para *su autor favorito*. Frédéric le había echado en cara que la veía menos, cosa que no le había impedido disfrutar de esas temporadas de soledad (una de sus muchas paradojas). En su opinión, estar juntos no se limitaba al tiempo que pasaban en mutua compañía.

Delphine estaba centrada en su carrera. La buscaban cada vez más, tanto para felicitarla como para captarla. Otras editoriales, que la veían como a una de esas futuras papisas de la edición cuyo olfato les indica antes que a nadie qué es lo que va a tener éxito. A veces le daba apuro ser el centro de tantas atenciones: llegaría el día en que se darían cuenta de que seguía siendo una niña pequeña, la dejarían al descubierto. De momento, el libro de Henri Pick estaba a punto de alcanzar los trescientos mil ejemplares, una cifra que sobrepasaba todas las expectativas.

—Grasset organiza dentro de diez días una fiesta para celebrar este éxito —anunció Delphine.

—Lo que está claro es que con mis ventas no iban a organizar un cóctel.

—Todo llegará. Estoy convencida de que vamos a ganar un premio con tu próxima novela.

—Qué buena eres por decirlo. Pero no soy bretón, ni pizzero, y lo que es peor: estoy vivo.

—Para...

—Mi último libro tardé dos años en escribirlo. He debido de vender mil doscientos ejemplares, incluyendo familiares, amigos y los que compré yo mismo para regalarlos. También están los que lo compraron por error. Y la gente que se apiadaba de mí cuando me tocaba firmar en alguna librería. En el fondo, si contamos solo las compras de verdad, habré vendido dos libros —concluyó con una sonrisa.

Delphine no pudo contener el ataque de risa. Siempre le había gustado la capacidad de Frédéric para reírse de sí mismo, aunque a veces casi parecía amargado. Él continuó:

—La pantomima va a más. ¿Has visto cuántos editores mandan becarios a Crozon? Tienen la esperanza de descubrir otro filón. Si supieran los libros sin pies ni cabeza que vimos allí..., es un verdadero disparate.

—Déjalos. Qué más dará. Para mí, lo único que cuenta es tu próximo libro.

—Precisamente quería decirte que ya tengo título.

—¿Ah, sí? ¿Y me lo sueltas como si nada? Es estupendo.

—...

—¡Venga! ¡Dímelo ya!

—Se llamará *El hombre que dice la verdad*.

Delphine se quedó mirando a Frédéric a los ojos sin decir nada. ¿Acaso no le gustaba? Al cabo, balbució que era difícil juzgar un título sin haber visto el texto. Frédéric especificó que podría leerlo pronto.

Unos minutos después, Frédéric le pidió que se tomara la tarde libre. Como ya hicieran en su primera cita, le apetecía dar una vuelta y que luego se fueran a la cama. Delphine fingió que se lo pensaba (seguramente, lo que peor le sentó a él), pero al final dijo que tenía mucho trabajo, y más teniendo en cuenta que había que organizar la fiesta. Él no insistió (seguramente, lo que habría querido ella) y se despidieron en plena calle, rozándose apenas los labios en un beso que, en teoría, encerraba la promesa de un contacto más intenso. Frédéric miró cómo se alejaba Delphine, concentrando la mirada en su espalda con la esperanza de que así se diera la vuelta. Fantaseó con que le dedicase una última seña, como un gesto que podría atesorar hasta el siguiente encuentro. Pero Delphine no se dio la vuelta.

5.

Rouche se había pasado la tarde sin moverse de la terraza del café, empalmando una cerveza con otra a un ritmo indoloro. Su investigación se había iniciado en un callejón sin salida y no sabía qué hacer. En sus ensoñaciones del día anterior se había visto a sí mismo como un temerario paladín de la literatura francesa y le había dado la impresión de que por fin su vida recobraba una dimensión aceptable. Pero se había estampado contra una realidad poco dispuesta a colaborar. Joséphine no estaba por los alrededores; nadie sabía cuándo iba a volver. No podía considerarse un mal investigador porque ni siquiera había tenido la oportunidad de empezar nada de nada; era como un piloto de carreras que sufre una avería en la línea de salida*. Desde

---

* Curiosa comparación, habida cuenta de que el hecho más notable que le había acontecido desde que emprendió el viaje había sido un doble arañazo en el coche.

hacía varios años todo se le echaba a perder sin que hubiera ninguna perspectiva de cambio: el destino seguía ensañándose con él. El alcohol puede provocar ora un entusiasmo más o menos comunicativo, ora una avalancha de visiones negativas y patéticas. El líquido ingerido se encuentra, pues, con dos caminos dentro del cuerpo, y tiene que optar por uno de ellos; en el caso de Rouche, se había adentrado por la senda negativa sazonada con una pizca de autodesacreditación.

Por suerte, acababa de recibir por correo electrónico una invitación de la editorial Grasset a un cóctel para celebrar el éxito de Pick. Le pareció muy jocoso leer ese mensaje mientras seguía el rastro de aquel asunto que le olía a superchería, pero no era ese el sentimiento que le dominaba el ánimo. Lo que lo embargaba era, sencillamente, la felicidad de figurar en la lista de invitados; eso significaba que no se habían olvidado por completo de él. Un mes tras otro lo habían estado excluyendo cada vez más de las ceremonias; al quedarse sin el poder, también había perdido la vida social; ya no lo invitaban a comer, algunas agentes de prensa con las que creía tener lazos de amistad lo habían dado de lado, no de forma agresiva sino pragmática, porque no podían seguir dedicándole tiempo a un periodista cuya influencia mediática se reducía a los últimos jirones de una piel de zapa. La alegría de que lo hubiesen invitado lo hizo sonreír, a él que antaño resoplaba porque lo requerían en exceso; llega un día en el que, al tocar fondo, nos da por querer con locura aquello que ya ni siquiera veíamos.

Mientras se bebía tranquilamente las cervezas, había estado observando el incesante ballet de las mujeres que entraban y salían de la tienda de lencería. Se imaginó a cada una de las clientas desnudándose en el probador, no de forma libidinosa, sino más bien dejándose llevar por una ensoñación adolescente. Se le ocurrió que seguramente se podrían explicar los secretos y la psicología de las mujeres viéndolas comprar ropa interior. Era una de las incontables teorías que formuló esa tarde (el alcohol). Cuando la última clienta se hubo marchado, Mathilde salió de la tienda y echó el cierre. Entonces se fijó, en la acera de enfrente, en ese hombre que le había preguntado unas horas antes por su jefa. Totalmente desinhibido, él le dedicó una amplia y cordial sonrisa, como si se conocieran de toda la vida. A la joven le sorprendió bastante el llamativo contraste con el personaje huraño y apurado con el que había cruzado unas palabras.

Después de la sonrisa, Rouche le hizo un gesto que podía interpretarse como un saludo amistoso o como una invitación a unirse a él. Mathilde podía elegir cualquiera de las dos posibilidades. Antes de revelar cuál, conviene señalar un hecho importante: no conocía a nadie en Rennes. Venía de un pueblecito del departamento de Loira Atlántico y había estudiado en Nantes antes de que le saliera la oportunidad de trabajar en Rennes. Cuanto mayor era el paro, más dispuesta estaba la gente a trasladarse, de modo que durante las crisis económicas no resultaba extraño encontrarse en las ciudades con verdaderas muchedumbres de personas solas. Así pues, Mathilde se acercó a Rouche. Enseguida le soltó:

—¿Todavía está usted aquí?

—Sí. Se me ocurrió que Joséphine quizá se pasase por aquí durante la tarde —balbució para justificarse.

—Pues no, no ha venido.

—¿Y ha llamado?

—Tampoco.

—¿Quiere tomar algo conmigo?

—...

—¿No irá a decirme que «no» tres veces seguidas?

—Está bien —contestó Mathilde, sonriendo ante la última frase.

El periodista se la quedó mirando estupefacto. Hacía mucho tiempo que una desconocida no accedía a tomarse algo con él espontáneamente, sin mediar ningún compromiso profesional. Había recurrido al humor, pero sin mucho convencimiento; había que reconocer, pues, que podía ser un hacha cuando no tenía nada que perder. Para la investigación debía proceder igual. Lanzarse sin sentirse para nada obligado a conseguir algún resultado. Pero había una consecuencia: ahora la tenía ahí, sentada a su lado. No le quedaba otra que decirle algo. Porque, claro, no la había invitado a unirse a él para quedarse callados juntos. ¿Pero qué le decía? ¿Cuáles eran las palabras adecuadas en semejante situación? Para colmo de males, en cuanto Mathilde accedió a tomar algo con él, a Rouche empezó a parecerle que era guapísima. Y eso lo agobiaba todavía más. Pero era demasiado tarde: tenía que ser gracioso, interesante, encantador. Un trío imposible. ¿Por qué la había invitado a sentarse? Menudo idiota. Y ella, ¿cómo era posible que aceptara quedarse a tomar algo con un hombre capaz de arañar el coche dos veces en un solo día? Así que también ella era en parte responsable de la presente situación. Mientras se entregaba a estas reflexiones, Rouche había estado disimulando su agobio con sonrisillas forzadas. Pero se daba cuenta de que Mathilde podía leerle todo lo que pensaba en el rostro. Se había vuelto incapaz de aparentar.

Muy oportunamente, el camarero llegó en ese momento. Mathilde se pidió una cerveza y Rouche, en cambio, prefirió un Perrier para dar media vuelta en la trayectoria líquida y regresar a la sobriedad. Para evitar que la situación volviera a resultar incómoda, siguió adelante con su investigación:

—¿Así que no sabe usted dónde está?

—No, ya se lo he dicho.

—¿Está segura?

—¿Es usted periodista o policía?

—Periodista, no se preocupe.

—No, si no me preocupo. ¿Debería?

—Qué va…, no, en absoluto.

—Joséphine me contó que ha hecho demasiadas entrevistas de esas. Pero que era estupendo para la tienda.

—…

Cuando Rouche no sabía qué decir, sencillamente se quedaba callado en mitad de la conversación. Las pruebas por las que había tenido que pasar lo habían despojado de todo artificio social. Las penalidades también le habían cambiado el rostro, los rasgos cínicos habían pasado a ser incertidumbres, mientras los pliegues duros y serios desaparecían paulatinamente para dejar al descubierto un rostro casi medroso, que inspiraba una confianza no exenta de compasión. Conmovida, Mathilde decidió contarle a ese desconocido lo que sabía.

6.

Todo había empezado unos diez días antes. Una mañana, Joséphine llegó exultante a la tienda; ofrecía una imagen muy curiosa: aunque estuviera quieta de pie, daba la impresión de estar dando saltitos.

A Mathilde, que hasta entonces había tratado con una mujer sin duda afectuosa pero poco efusiva, le sorprendió descubrir esa nueva faceta de su personalidad; se le notaba una energía que le recordaba más a las amigas de su edad. Como a cualquier adolescente que acaba de vivir algo emocionante, le resultaba imposible no contarle a alguien lo que le pasaba. Se lo confesó a los primeros oídos que estuvieron disponibles, los de su joven dependienta:

—Es increíble. He pasado la noche con Marc. ¿Te lo puedes creer? Después de tantos años...

Mathilde, que no podía hacerse cargo de lo importante que era esa situación, le echó teatro abriendo los ojos como platos y haciendo gala de bastante talento en el arte de parecer entusiasmada. A decir verdad, aquella reacción obedecía sobre todo a lo sorprendente que le resultaba que su jefa, a la que apenas conocía, le hiciera unas confidencias tan íntimas. Escuchó el dilatado monólogo de Joséphine sin cambiar la expresión de la cara.

Resulta que Marc era su exmarido, que la había dejado para irse con otra mujer, de la noche a la mañana. Joséphine se quedó sola, porque sus dos hijas se habían ido a Berlín para abrir un restaurante. Viéndolo con perspectiva, quizá lo más duro había sido eso: la soledad. Pero era culpa suya. No quiso quedar con las amigas ni con nadie que hubiera sido testigo de su pasado. Todo lo que le recordara a Marc la escocía. Y, en casi treinta años de vida en común, Marc lo había invadido todo. En Rennes, Joséphine evitaba todos los barrios a los que solían ir juntos, lo cual reducía la ciudad a un perímetro de libre circulación mínimo. A la desesperación que sentía había que sumarle, pues, la geografía de una cárcel.

Pero Marc había reanudado la relación con una llamada de teléfono. Cuando Joséphine descolgó, él solo dijo: «Soy yo». Como si esa legitimidad del «soy yo» fuera un dato imperecedero. Reavivaba de golpe toda la intimidad que habían tenido. Es lo bueno de los matrimonios en los que ninguno llama ya al otro por su nombre. Después de unas frases convencionales sobre cómo pasa el tiempo, le confesó:

—Te vi en el periódico. No podía creérmelo. Me quedé impresionado.

—...

—Qué increíble lo de la novela que escribió tu padre. Quién lo iba a decir...

—...

—¿Oye? ¿Estás ahí?

Sí, Joséphine estaba ahí.

Pero no era capaz de contestar enseguida.

Marc la había llamado.

Al final, él le propuso que quedaran algún día.
Y ella balbució que le parecía bien.

7.

Volver a quedar después de varios años es como
tener una primera cita. A Joséphine le obsesionaba su
aspecto. ¿Qué le parecería a Marc? Obviamente, estaba
más vieja. Se estuvo observando largo y tendido en el
espejo y se quedó bastante sorprendida de verse guapa.
Y eso que no tenía por costumbre echarse flores. Antes
bien, a menudo caía en la autodesacreditación con una
facilidad agotadora, pero de un tiempo a esta parte estaba recuperando las ganas de vivir y eso se reflejaba, al
parecer, en una apariencia más lozana. ¿Cómo podía
haber desperdiciado tantos años muriéndose de pena?
Casi sentía vergüenza por haber sufrido, como si sentir
dolor no fuera una sumisión al cuerpo sino una decisión de la mente. Pensaba que ya había pasado todo,
que ya sería capaz de cruzarse por la calle con Marc sin
sufrir, pero era mentira: al oír su voz por teléfono comprendió en el acto que no había dejado de quererlo.

Marc la había citado en un café donde les gustaba
ir a comer, antes de separarse. Joséphine decidió acudir
con antelación; prefería estar sentada cuando él llegara.
Quería evitar a toda costa tener que deambular, bus-
cándolo con la mirada, arriesgándose a que él le pasara
revista. Le fastidiaba tenerle miedo a su opinión; ahora
ya no tenía nada que perder. Todo estaba igual, el escenario no había cambiado nada, y la hacía sentirse con-

fusa sobre en qué momento estaba viviendo. El presente se vestía de pasado. Pidió un vino tinto después de haber barajado todas las bebidas posibles, desde una infusión hasta un zumo de albaricoque, pasando por el champán. El vino tinto le pareció un buen punto medio para establecer la importancia de ese reencuentro sin darle un toque demasiado festivo. Le parecía todo muy complicado; estuvo incluso dudando qué postura adoptar. ¿Cómo debía colocar los brazos, las manos, las piernas, la mirada? ¿Qué era mejor, fingir naturalidad o mostrarse expectante, con la espalda muy erguida, como si estuviera al acecho? Marc aún no había llegado y la situación era ya agotadora.

Por fin llegó, también con cierta antelación. Se le acercó enseguida con una amplia sonrisa.

—Ah, ya estás aquí.

—Sí, tenía cosas que hacer por el barrio —contestó Joséphine haciendo una adaptación de la verdad.

Intercambiaron un beso cordial y se quedaron un rato mirándose, sonrientes.

—Qué raro es volver a vernos, ¿no? —soltó Marc al fin.

—Te parecerá que estoy horrorosa.

—Qué va. Te vi en el periódico, ¿sabes? Y pensé que no habías cambiado nada. No como yo...

—No. Estás igual. Sigues siendo...

—He echado tripa —interrumpió él.

Marc pidió también un vino tinto y empezaron a hablar sin quedarse en blanco. Era como si no se hubieran separado nunca. Tenían una complicidad absoluta; por supuesto, de momento evitaban los temas espinosos. Siempre es más fácil llevarse bien hablando de cosas indoloras y neutras, como alguna película de estreno o las últimas peripecias de algún amigo común de antaño. Se tomaron varias copas de vino con aquella confianza renovada; pero ¿sería auténtica? Joséphine no dejaba de pensar en la otra mujer. La pregunta le quemaba los labios, con la imperiosa necesidad de salir disparada, tan incontenible como un hombre que escapa corriendo de una casa en llamas:

—Y... ¿la otra? ¿Sigues con ella?

—No. Se acabó. Hace ya unos meses.

—¿Ah, sí? ¿Y por qué?

—La cosa se complicó. Ya no nos llevábamos bien...

—¿Quería tener un hijo? —adivinó Joséphine.

—Sí. Pero no era solo eso. No la quería.

—¿Cuánto tardaste en darte cuenta?

—Bastante poco. Pero como por ella había echado a perder lo nuestro, me mentí a mí mismo. Hasta que tomé la decisión de irme.

—¿Y por qué has querido volver a verme?

—Ya te lo he dicho. Te vi en el periódico. Fue como una señal. Ya sabes que nunca lo leo. Al principio, no me creía con derecho a llamarte. Con todo lo que te he hecho pasar. Y además, no sabía qué habías hecho con tu vida...

—Eso no me lo creo. Seguro que las niñas te contarían algo.

—Por lo que dicen, sigues soltera. Pero puede que no se lo cuentes todo...

—No, no les he ocultado nada. Después de ti, no he estado con nadie más. Podría haberlo hecho, pero nunca pude.

—...

La conversación no había tenido tiempos muertos, pero en ese momento pasó, despacio, un ángel. Marc sugirió ir a cenar a otro sitio. Joséphine aceptó, aunque estaba convencida de que no le entraría nada.

8.

Mientras comían, Joséphine tuvo que reconocer que la velada iba por derroteros muy extraños. Aquello no parecía el típico reencuentro en el que se hace balance de los años que cada uno ha pasado sin el otro, no, estaba tomando otro cariz. A Marc se le notaba cada vez más que quería volver con ella. ¿Estaría soñando? No, él insistía en su añoranza, su anhelo por el pasado, los errores que había cometido. A veces agachaba la cabeza, enumerando machaconamente qué esperanzas nuevas tenía. Él, tan seguro de sí mismo en general, arrogante a menudo, ahora andaba tanteando. Al verlo tan desvalido, la emoción que sentía Joséphine se disparó; y también su aplomo. Fue la primera sorprendida por sentirse tan a gusto, pero eso era lo que estaba pasando; ahora, todo le parecía cristalino. Lo único que había hecho los últimos años era esperar a que llegara este momento. Enjugó con la servilleta una gota de sudor en la sien de su exmarido y así fue como volvió a empezar todo.

Un poco más tarde se acostaron en casa de Marc. Qué sensación peculiar, la de volver a encontrarse, después de tantos años, con un cuerpo tan conocido. Joséphine experimentó el miedo de una primera vez mezclado con la sensación de conocer perfectamente al otro. Pero una cosa había cambiado: Marc tenía la determinación de hacerla gozar. Aunque a ella siempre le había gustado hacer el amor con él, los últimos años habían sido mecánicos. Los detalles eróticos con ella se habían espaciado. Pero esa noche no fue así. Se encontró con un marido cargado de energía para emprender un nuevo combate. Quería demostrarle, con el cuerpo, que había cambiado. A Joséphine le apetecía dejarse llevar, pero no conseguía liberarse de la conciencia de lo que estaba haciendo. Aún necesitaba tiempo para ser capaz de hacer el amor con alguien con naturalidad. Aun así, sintió verdadero placer, y ambos se quedaron pasmados por lo que acababa de pasar. Joséphine, al cabo, se quedó dormida entre los brazos de Marc. Y cuando abrió los ojos pudo comprobar que todo cuanto había vivido era real.

9.

Durante los días posteriores siguieron por el mismo camino. Quedaban por la noche para cenar, comentaban recuerdos y errores, proyectos y alegrías, y acababan acostándose en casa de Marc. Él parecía dichoso y satisfecho; a retazos, contaba cómo lo había agobiado la otra mujer, dejándole sin margen de libertad, intentando controlar toda su vida. Y por si fuera poco, necesitaba que le hiciese regalos, que la tranquilizase con dinero. A Joséphine no le gustaban esas confidencias. Volvían a sumergirla en el dolor y, en última instancia, le dejaban un regusto amargo. Tenían que dar un rodeo para dejar atrás el pasado:

—No hablemos más de eso, por favor, no más...

—Tienes razón. Lo siento.

—Se acabó.

—¿Tú te imaginabas a tu padre escribiendo semejante historia? —preguntó Marc, cambiando bruscamente de tema.

—¿Qué?

—El libro de tu padre..., ¿te lo imaginabas?

—No. Pero tampoco habría podido adivinar lo que nos está pasando. Así que todo es posible.

—Sí, es cierto. Tienes razón. ¡Pero nosotros no vendemos tantos libros!

—Eso, desde luego.

—¿Te han dado alguna cifra?

—¿Sobre qué?

—Pues..., sobre eso precisamente..., las ventas de tu padre. Leí en la prensa que se habían vendido más de trescientos mil ejemplares.

—Sí, así es. Y sigue subiendo.

—Es colosal —añadió Marc.

—No me entero muy bien de lo que significa, pero creo que es mucho, sí.

—Te lo confirmo.

—Sobre todo, es muy raro. Mis padres se pasaron la vida trabajando y vivieron de forma muy modesta, y ahora resulta que mi padre deja un libro con el que mi madre se va a hacer rica. Pero bueno, ya la conoces. El dinero le importa un bledo. No me extrañaría nada que lo donara todo a obras de caridad.

—¿Tú crees? Pues sería una lástima. Deberías hablarlo con ella. Podrías cumplir todos tus sueños. Comprarte por fin un barco...

—Anda, te acuerdas...

—Claro, me acuerdo de todo. De todo...

En efecto, a Joséphine la había sorprendido que se acordase de ese detalle. Las ganas de tener un barco se remontaban a su juventud. La verdadera libertad, según ella, solo se alcanzaba navegando. Había crecido a la orilla del Atlántico y se había pasado la infancia contemplando las olas. Cuando regresaba a Crozon, a menudo lo primero que hacía, incluso antes de ir a ver a su madre, era ir a saludar al océano. Se quedó dormida pensando en ese barco que quizá pudiera comprarse. Por el momento no había hablado con su madre de los derechos de autor que estaba generando el libro de su padre. Les iban a cambiar la vida, por descontado.

10.

Hasta entonces, las consecuencias habían sido sobre todo mediáticas. A Joséphine la seguían llamando periodistas que querían entrevistarla y le pedían detalles inéditos. Ella les prometió que buscaría algo, pero que no se le ocurría nada que pudiera serles de utilidad. Los periodistas insistieron: ¿alguna carta?, ¿algún documento escrito? Y entonces, como un fogonazo en la memoria, recordó algo. Estaba casi segura de que su padre le había escrito una carta un verano, cuando tenía nueve años. La recibió mientras estaba de campamento en el sur de Francia. La recordaba porque había sido la única. Por aquel entonces, las familias no solían llamarse por teléfono cuando se separaban. A Pick, para seguir en contacto con su hija, no le quedó más remedio que escribirle. ¿Qué había hecho Joséphine con esa carta? ¿Qué le contaba su padre en ella? Debía encontrarla a toda costa. Por fin tendría un documento de puño y letra de su padre. Cuantas más vueltas le daba, más se convencía de que este había decidido deliberadamente no dejar ninguna prueba en ninguna parte. Un hombre capaz de escribir a escondidas una gran novela como esa sabía muy bien lo que hacía.

¿Dónde la habría metido? Como no era capaz de poner el pensamiento en vela, Joséphine cavilaba a menudo mientras dormía. Esa noche, se acercó mentalmente al lugar donde había guardado la carta. Iba a necesitar una o dos noches para dar con la solución. Las personas que no duermen profundamente acaban agotadas o siendo agotadoras para los demás. Joséphine vivía constantemente en el centro de ese ritmo bipolar, alternando los días en los que sentía que vivía a cámara lenta y los que sentía que la arrastraba una energía arrolladora. Todas las mañanas, cuando llegaba a la tienda, Mathilde no sabía si se iba a encontrar con un molusco o con una pila eléctrica. Desde hacía varios días, casi siempre era la segunda variante. Joséphine no paraba de hablar. Tenía ganas de contarle lo que estaba viviendo al mundo entero, a todo el planeta condensado en la persona que tenía en su campo visual. En este caso, Mathilde. La joven dependienta escuchaba, con cierto agrado, todo hay que decirlo, el relato pormenorizado del reencuentro entre Marc y Joséphine. Le gustaba ver a esa mujer que tan bien le caía (al fin y al cabo, la había contratado) gesticular como si fuera una chica de su edad.

La noche siguiente, Joséphine volvió a bucear en su memoria para intentar recordar dónde había metido la carta. Después de divorciarse había llevado muchas cajas a Crozon, pero se acordaba de que se había quedado con su colección de discos. Estuvo dudando si quedarse con ellos o no, porque ya no tenía plato para escucharlos, pero los vinilos le recordaban su adolescencia. Le bastaba con mirar las fundas para que subiera a la superficie inmediatamente un recuerdo. Sin despertarse, se vio a sí misma metiendo en la funda de un disco la carta de su padre; lo había hecho hacía más de treinta años mientras pensaba: «Algún día oiré este disco y me llevaré una sorpresa al encontrarla». Sí, estaba convencida de haberlo hecho así. Pero ¿qué disco era? Le comunicó a Mathilde que tenía que volver a casa para oír sus vinilos viejos. A la joven dependienta no pareció sorprenderla, como si en esos últimos días se hubiera acostumbrado a que su jefa se comportara de forma extraña.

11.

Mientras iba en el coche hacia su casa, Joséphine se acordó de los Beatles y de Pink Floyd, de Bob Dylan y de Alain Souchon, de Janis Joplin y Michel Berger, y de tantos otros. ¿Por qué había dejado de escuchar música? En la tienda, de vez en cuando ponía de fondo Radio Nostalgie, pero en realidad no la escuchaba, era solo para crear ambiente. Se acordó de lo febril que se sentía cada vez que compraba un LP nuevo, del ansia por escucharlo lo antes posible. Cuando escuchaba un disco, no hacía nada más; se sentaba en la cama mirando la funda y dejaba que el sonido se apoderase de ella. Todo aquello terminó. Se casó, tuvo dos hijas y dejó de oír sus discos. Y luego llegaron los CD, como si hiciera falta que la tecnología justificase aquella deserción sonora.

Cuando llegó a casa, bajó al trastero para coger las dos cajas de discos cubiertas de polvo. Desde luego, estaba impaciente y nerviosa por encontrar la carta, pero le resultó increíblemente grato, lo cual implicaba no darse prisa, contemplar todas las fundas. Cada disco era un recuerdo, un momento, una emoción. Al pasarles revista, volvía a ver instantes de su vida, hondas melancolías mezcladas con risas sin ton ni son. Las miró todas con la esperanza de dar con la carta; le gustaba meter en las fundas notitas, entradas de cine y otros papeles, que de ese modo iban a pasarse años escondidos en la música para resurgir el día más inesperado. Su vida se iba recomponiendo, retazo a retazo; todas las Joséphine del pasado se volvían a encontrar en una reunión con tintes de nostalgia, y fue allí, en el meollo de esa nostalgia, donde encontró la carta de su padre.

Estaba escondida en el LP de Barbara *Le Mal de vivre*. ¿Por qué había metido la carta de su padre precisamente en ese disco? Aunque debería haberla abierto inmediatamente, se quedó un rato mirando el LP. Era el álbum que incluía esa canción tan bonita, «Göttingen». Joséphine recordaba haberla escuchado muchísimo; sentía una notable admiración por aquella cantante de fuerza oscura. Una fascinación efímera, como suelen serlo las pasiones adolescentes, pero había vivido varios meses al ritmo de las melodías melancólicas de Barbara. Se descargó en el móvil «Göttingen» para poder oírla enseguida, y dejó que la acunara:

> *Bien sûr nous, nous avons la Seine*
> *Et puis notre bois de Vincennes,*
> *Mais Dieu que les roses sont belles*
> *À Göttingen, à Göttingen.*

> *Nous, nous avons nos matins blêmes*
> *Et l'âme grise de Verlaine,*
> *Eux c'est la mélancolie même,*
> *À Göttingen, à Göttingen.*

Era un homenaje sublime de Barbara a esta ciudad y, sobre todo, al pueblo alemán. En 1964, era un gesto de mucho coraje. La cantante, que siendo niña tuvo que esconderse durante la guerra por ser judía, tardó mucho en decidirse a actuar en el país enemigo. Cuando llegó, se comportó de forma poco cordial. Le puso todo tipo de pegas al piano escogido y se presentó en el concierto con dos horas de retraso. De nada le valió, porque el público la ovacionó y la admiró. Los organizadores se habían dejado la piel para que su estancia fuera un éxito. A la cantante nunca la habían recibido así en ningún sitio y se le saltaron las lágrimas de la emoción. Decidió prolongar la estancia y escribió esas líneas, más intensas que cualquier discurso. Joséphine no tenía ni idea del contexto de la canción, pero la conmovió esa melodía en forma de cantinela, como si te llevara en brazos un tiovivo. Quizá por eso acabó metiendo en esa funda la única carta de su padre.

Con la canción de Barbara de fondo, volvió a leer las palabras escritas hacía cuarenta años. Su padre surgía de la nada para susurrárselas al oído.

Cuando volvió a la tienda, Joséphine decidió guardar la carta en la cajita de caudales que solía usar para el dinero en metálico. La tarde transcurrió a un ritmo desenfrenado, con muchas clientas, muchas más que de costumbre; esa jornada fue particularmente intensa. En general, las últimas semanas habían marcado un antes y un después con respecto a los años anteriores, como si la vida se vengara, tarde o temprano, del vacío o de la ausencia de peripecias humanas.

Esa noche, Marc fue a esperar a Joséphine delante de la tienda. Mathilde observó discretamente a aquel hombre del que oía hablar a todas horas. No se lo había imaginado así para nada. El Marc que había creado en su mente basándose en las anécdotas que le contaba su jefa era radicalmente distinto al Marc real que esperaba en la acera, fumando un cigarrillo. Instintivamente, le gustó más el que no existía, el que se había inventado a partir de las palabras de Joséphine.

12.

Después de cenar, la pareja recién reconciliada fue a casa de Marc. Joséphine prefería que durmieran allí. Le disgustaba la idea de invitarlo a la suya, como si su piso la dejara totalmente al descubierto. Le había contado a Marc el asunto de la carta que había vuelto a aparecer. La hacía muy feliz compartir con él un hecho tan importante; él parecía entusiasmado y no paraba de decir lo maravilloso que era el asunto aquel de la novela. Antes de añadir:

—Como nuestra reconciliación...

—Sí.

—¿Te gusta Richard Burton? —preguntó Marc sin motivo aparente.

—¿Quién?

—Richard Burton, el actor.

—Ah, sí, el que sale en *Cleopatra*. El marido de Liz Taylor. ¿Por qué me lo preguntas?

—Pues precisamente porque sabrás que se casaron y luego se divorciaron..., y después se volvieron a casar por segunda vez...

—...

¿Qué quería decirle? ¿Le estaba pidiendo otra vez que se casara con él? Desde que pasaban la noche juntos, se había prometido a sí misma que no tendría expectativas. Que solo se dejaría llevar por ese placer inesperado. Marc comentó, al cabo:

—No dices nada.

—... —confirmó Joséphine.

Marc le cogió la mano a Joséphine para llevarla hasta la cama, pero ella prefirió quedarse en el sofá. Lo que sentía la había dejado estática. De pronto, rompió a llorar. Eso es lo bonito de las lágrimas: que pueden tener significados opuestos. Se llora de dolor, se llora de felicidad. Pocas manifestaciones físicas tienen esa identidad de dos cabezas, como para materializar la confusión. Pero en ese momento la mano de Joséphine rozó una tela debajo del almohadón del sofá. Bajó la cabeza y descubrió una prenda femenina.

—¿Qué es esto?

—No lo sé —dijo Marc, apurado, haciéndose con las bragas.

Joséphine dejó que se explicara. Marc no entendía cómo habían llegado allí. Se habrían quedado ahí metidas, y al sentarse ellos habían salido a la superficie. Qué cosa tan absurda, mejor tomársela a risa.

—¿La sigues viendo? —preguntó Joséphine.

—No, claro que no.

—¿Por qué me mientes?

—Que no, que te estoy diciendo la verdad.

—¿Y qué pruebas tengo?

—Te lo prometo. Hace meses que no la veo. Lo dejamos a malas. Ha vivido aquí mucho tiempo, así que es posible que esas bragas se quedaran escondidas en un hueco del sofá.

—...

—Por favor, no saques las cosas de quicio.

Marc había dicho esas palabras con un tono firme de lo más convincente. Aun así, a Joséphine la situación le resultaba ácida. Un fantasma del pasado que se materializaba en forma de ropa interior justo cuando estaban hablando de volver a casarse. ¿Debía interpretarlo como una señal? Marc seguía con su monólogo, intentando quitarle hierro al incidente. Tiró las bragas por la ventana para deshacerse de ellas de forma teatral y divertida. Joséphine accedió a cambiar de tema. Pero, por aquella noche, quedaba descartado volver a hablar de casarse.

13.

Esa noche, Joséphine no consiguió conciliar el sueño. Ese pedacito de tela que había encontrado debajo de un almohadón la tenía despierta; no paraba de darle vueltas. Marc dormía a su lado, alternando las fases de ronquidos con las de silencio (se desdoblaba cuando dormía). Junto a él, en la mesilla de noche, estaba su móvil; Joséphine dejó que la obsesionaran las ganas de encenderlo y de leer los mensajes. Cuando estaban casados, jamás había registrado sus cosas, ni siquiera cuando había tenido motivos para sospechar de él; no era necesariamente una cuestión de confianza, sino de respeto a la libertad del otro. Pero en mitad de aquella noche, le pareció que era distinto. Tenía cincuenta años, una edad que implicaba no equivocarse más al elegir. Marc quería que volvieran a casarse; y ella no se podía lanzar así, con los ojos cerrados y el corazón abierto de par en par.

Se levantó sin hacer ruido y cogió el teléfono. Se encerró en el cuarto de baño con el aparato. Menuda idiota, seguro que estaría bloqueado. Probó un código que no funcionó. Era de esperar que no hubiera elegido la fecha de su cumpleaños. Todavía le quedaban dos intentos. Era absurdo tratar de ver los mensajes; lo conocía mejor que nadie. Habían vivido juntos casi treinta años, tenían dos hijas: ¿qué se pensaba que iba a encontrar? Conocía sus virtudes y sus defectos, que en ocasiones tenían que ver entre sí. Había leído en un artículo que cada vez había más parejas que se reconciliaban. Ya no era nada fuera de lo común que la gente se volviera a encontrar con su primer amor y viviera esa segunda oportunidad con la ventaja de conocerse bien mutuamente. Marc ya no podía decepcionarla más de lo que ya lo había hecho. Pero mientras razonaba así consigo misma no podía dejar de pensar en el código. Marc adoraba a sus hijas e iba a verlas a Berlín con asiduidad. Puede que sencillamente hubiera puesto el día del cumpleaños de cada una, dos cifras muy próximas, el 15 y el 18.

De modo que probó con «1518» y el móvil se desbloqueó.

Joséphine se quedó pasmada. Nunca se le ocurrió que pudiera dar con el código tan fácilmente. Había obedecido a un impulso que, según todos los pronósticos, resultaría estéril. Pero no, el destino había decidido otra cosa, adoptando la forma de una manifestación casi divina. Al otro lado de la puerta, seguía oyendo la respiración ruidosa de Marc. Pulsó la pestaña «mensajes» y apareció el nombre de Pauline: ese nombre que siempre se había negado a pronunciar; esa contra la que había ido acumulando un odio desmedido, sin llegar a plantearse si se merecía o no tanta saña. La primera conclusión era, pues, la siguiente: Marc mentía. Seguía en contacto con ella. Y el último mensaje tenía fecha de hoy, de esa misma noche.

Sentada en el suelo del cuarto de baño, Joséphine sintió que se mareaba. ¿Era necesario ir más allá? El malestar se desvaneció inmediatamente para dar paso a una rabia sorda. Así que leyó todos los mensajes, había muchísimos, mensajes de amor, promesas de volver a estar juntos pronto y alusiones al plan, que iba a pedir de boca. El plan era ella. Pero ¿qué plan? ¿Por qué? No entendía nada. Era para volverse loca. La respiración se le iba por caminos incontrolables, como una anarquía del cuerpo, ya no podía contener esa llama que se le propagaba por dentro.

En ese momento, Marc llamó a la puerta:

—¿Estás ahí, amor mío?

—…

—¿Qué estás haciendo?

—…

—¿Estás bien? Me estoy preocupando. Ábreme.

Marc oía el resuello de Joséphine, que parecía estar ahogándose. ¿Qué estaba pasando? Seguramente se había puesto mala.

—Si no me abres, llamo a los bomberos.

—No —dijo ella fríamente.

—¿Pero qué es lo que pasa?

—…

Joséphine seguía con los ojos clavados en el teléfono y leía los mensajes que hablaban de dinero. De pronto, se le hizo la luz. Estaba temblando y ya no oía las súplicas de Marc, que insistía en que abriera, que contestara, que se explicara. ¿Qué podía hacer? Abrir la puerta y pegarle con todas sus fuerzas; o, si no, marcharse sin decir nada. Estaba tan dolida que no se sentía capaz de enfrentarse a nadie. Se puso de pie y se lavó la cara. Por fin salió y fue hacia el sofá, donde había dejado sus cosas.

—¿Pero qué es lo que pasa? Estaba preocupadísimo.

—…

—¿Qué estás haciendo? ¿Por qué te vistes?

—...

—No quieres contestar. ¡Pero dímelo!

—Mira en el baño y déjame en paz —respondió entonces Joséphine.

Marc obedeció y enseguida vio su teléfono tirado en el suelo de baldosas. Volvió corriendo con Joséphine para implorarle:

—Por favor te lo pido, perdóname. Qué vergüenza...

—...

—Hace días que quería contártelo. De verdad que iba a hacerlo. Porque todo era maravilloso contigo, y me sentía tan a gusto...

—Cállate. Lo único que te pido es que te calles. Me voy y no quiero volver a verte nunca más.

De repente, Marc la agarró por el brazo para seguir con sus súplicas. Joséphine lo rechazó con brusquedad. Harta de ese numerito, no pudo contenerse más:

—¿Pero por qué? ¿Por qué me has hecho esto? ¿Cómo has podido?

—He tenido problemas muy gordos. Ya no me queda nada de dinero. Lo he perdido todo..., y me di cuenta de que tú ibas a ser rica...

—Querías casarte conmigo, quedarte con mi pasta... y luego ¿volver con la puta esa? ¿Te das cuenta de lo que estás diciendo?

—No estaba en mis cabales. Se me había ido la olla. Sí, sí que me doy cuenta. Soy..., soy lo peor.

—¿Pero cómo he podido sufrir tanto por ti?

—...

Marc rompió a llorar; era la primera vez que Joséphine lo veía derramar lágrimas. Ninguna tragedia lo había sacado nunca del universo de los ojos secos. Le daba igual. Se fue sin decir nada, dejándolo pudrirse en su mediocridad. En la calle buscó un taxi, en vano. Estuvo andando sin rumbo, en plena noche, durante casi una hora.

Joséphine había tardado años en levantar cabeza, y cuando por fin lograba recuperarse, Marc volvía a darle el golpe de gracia. Todo por culpa de esa novela de los cojones. Cuando estaba vivo, su padre casi nunca le había dado un abrazo, y ahora resultaba que dejaba tras de sí un libro que iba sembrando la ruina. Se había pasado sufriendo todos esos años, pero no era suficiente; tenía que vivir las últimas horas de la historia de amor, como si la agonía no se hubiese consumado.

14.

A la mañana siguiente, esperó a que Mathilde llegara a la tienda para comunicarle que iba a estar fuera «una temporada».

15.

Rouche escuchó el relato de Mathilde con una particular concentración, esperando captar aquí o allá algún dato esencial para su investigación. Obviamente, solo había oído lo que sabía la joven dependienta, es decir, una versión parcial del drama que había acontecido en la vida de Joséphine. Pero en el meollo de todos esos acontecimientos había un hecho esencial: la famosa carta que había escrito Pick. Rouche decidió no ir de frente (esperaría mejor a la segunda pregunta):

—Y desde entonces ¿no ha tenido noticias?

—No, nada de nada. He intentado llamarla pero salta el contestador.

—¿Y la carta?

—¿Qué carta?

—La carta de su padre. ¿Se la ha llevado?

—No, está en la caja de caudales.

Mathilde dijo esto último sin percatarse de la importancia que tenía para Jean-Michel. Este se encontraba a pocos metros de una carta de puño y letra de Pick*. Mathilde observó a su acólito de una tarde con expresión regocijada.

—¿Se encuentra bien? —preguntó.

—Sí, estoy bien. Creo que me voy a pedir una cerveza. El Perrier es muy deprimente.

Mathilde sonrió. Le gustaba la compañía de ese hombre mayor que ella, con ese físico un tanto extraño; si bien de entrada echaba un poco para atrás, observándolo más de cerca se podía entrever cierto encanto (¿o quizá era cosa del alcohol?). Cada vez le resultaba más entrañable, con esa forma de parecer siempre sorprendido, como un hombre que no deja de maravillarse de estar vivo. Tenía esa energía que caracteriza a los supervivientes, la de conformarse con muy poco.

---

* Cristóbal Colón a punto de hollar el continente americano.

Por su parte, Rouche no se atrevía a mirar a Mathilde directamente a la cara y optó por hablarle al poste que tenía delante; le habría costado mucho menos describir ese poste que el rostro de la joven. Empezó a parecerle incongruente que le dedicase tanto tiempo. Bien es cierto que le había confesado: «En esta ciudad, no conozco a nadie». Hace falta por lo menos eso para que una chica pase una hora conmigo, pensó. Antes, las ocurrencias le salían con mucha facilidad; ahora, sopesaba, examinaba y, por fin, balbucía cada palabra. Las dificultades profesionales habían acabado con la confianza en sí mismo. Por suerte, había conocido a Brigitte; y la quería; en cualquier caso, pensaba que seguía queriéndola. Era ella la que parecía estar distanciándose. Ya no se acostaban mucho y Jean-Michel lo echaba en falta. Por efecto de un extraño mecanismo, cuanto más hablaba con Mathilde más próximo se sentía a Brigitte. Lo cual no le impedía desear a esa joven, aunque su corazón seguía prisionero de la propietaria de un coche con dos arañazos.

Poco antes de medianoche, Rouche por fin se atrevió a pedirle a Mathilde que fuera a buscar la carta.

—Tendría que preguntarle a Joséphine, ¿no?

—Por favor, enséñamela...

—Esas cosas no se hacen..., caramba —añadió Mathilde antes de que le diera un ataque de risa. Ese momento, además de ser crucial, lo estaban viviendo con el alcohol corriéndoles por las venas.

Mathilde continuó:

—Bueno, está bien, señor Rouche. Está bien..., pero si me meto en un lío, diré que tú me obligaste.

—Vale, de acuerdo. Algo así como un atraco.

—¡O el chantaje del sostén!

—Eso no quiere decir nada...

—Sí, lo reconozco —concluyó Mathilde poniéndose en pie.

El periodista la siguió con los ojos, maravillado de que tuviera esos andares gráciles y precisos, a pesar de lo tarde que era y de haber estado bebiendo una cerveza tras otra. Volvió al cabo de dos minutos con la carta. Rouche la cogió y la abrió con delicadeza. Empezó a leerla enseguida. Varias veces seguidas. Después alzó la cabeza. Ahora, todo estaba claro.

16.

Mathilde no había querido perturbar la concentración del periodista. Parecía enfrascado en sus reflexiones. Mientras tanto, el frescor de la noche la había serenado un poco. Al cabo de un rato preguntó por fin:

—¿Y bien?

—...

—¿Qué te parece?

—...

—¿No tienes nada que decirme?

—Gracias. Simple y llanamente, gracias.

—No hay de qué.

—¿Puedo quedarme con ella? —aventuró Rouche.

—No. Eso ya es mucho pedir. No puedo hacer algo así. Noté claramente que esta carta es muy importante para ella.

—Entonces, déjame copiarla. ¿No tenéis fotocopiadora en la tienda?

—Oye, ¡es que eres insaciable!

—Eso es algo que no suelen decirme —contestó él, sonriendo.

Les habría costado decir a partir de qué cerveza habían decidido tutearse, pero la complicidad que sentían era real. Dicho lo cual, seguramente también habría surgido con agua. Pagaron y se dirigieron a la tienda. A medianoche y en penumbra, a Rouche le asustaron los maniquíes. Le dio la impresión de que estaban conversando antes de que llegaran ellos. Delante de los humanos se inmovilizaban, pero cuando estaban solos hablaban de las ganas que tenían de escaparse. ¿Por qué dejaba que lo invadieran esos pensamientos en un momento tan crucial? Mathilde acababa de fotocopiar la carta. El periodista ya tenía una copia.

17.

Cuando estuvieron fuera, Rouche pensó por fin en los detalles prácticos del viaje. No había cogido habitación en ningún hotel. Le preguntó a Mathilde si sabía de alguno por allí cerca.

—Que no sea muy caro —añadió enseguida.

—Si quieres, puedes dormir en mi casa...

Rouche no supo qué contestar. ¿Qué significaba eso exactamente? Al final, decidió llevarla a casa en co che para tener tiempo de pensar por el camino. Cuando llegaron, le dijo:

—No deberías invitar así como así a los desconocidos a dormir en tu casa...

—Tú ya no eres un completo desconocido.

—Podría ser un psicópata. Al fin y al cabo, he estado haciendo crítica literaria varios años.

—¿Y tú, no deberías desconfiar? ¿Cómo sabes que no me dedico a matar a viejos depres como tú?

—Toda la razón.

Siguieron hablando un rato en el coche en tono de guasa. La situación empezaba a parecerse al típico fin de fiesta en el que resulta difícil distinguir la seducción de la mera camaradería. ¿Qué quería Mathilde? Sencillamente, estaba harta de sentirse tan sola. Al final, Rouche prefirió no subir. No fue necesariamente una victoria de la mente sobre el cuerpo, sino más bien una decisión sensata de la que se sintió satisfecho. Llevaba varios minutos en un constante viaje de ida y vuelta entre la situación que estaba viviendo y el recuerdo de Brigitte. Y llegó a la siguiente conclusión: su historia no había terminado. A pesar de los problemas que habían tenido últimamente, no se daba por vencido. La quería, y puede que aún más en ese preciso momento. Por supuesto, podría haber subido a casa de Mathilde y quizá no habría pasado nada; de hecho, era lo más probable. Pero no habría pegado ojo en toda la noche, sabiéndola tan cerca y tan guapa. No, más valía que se quedase en el coche. Dormiría en el asiento de atrás, con la fotocopia de la carta de Pick bien cerquita. Al fin y al cabo, tenía que estar centrado en su misión.

18.

Se dieron un largo abrazo. Mathilde subió a su casa y Jean-Michel pensó que no volvería a verla nunca más.

19.

Al principio, Hervé Maroutou no notó nada anormal. Sencillamente se sentía algo más fatigado que los días anteriores, pero al fin y al cabo la edad no perdona y el trabajo de representante no es precisamente descansado. Eso sin contar con la presión, cada vez mayor. La producción literaria no dejaba de crecer y tenía que pelear mucho para que los libros que llevaba en cartera estuvieran bien situados en los estantes de las librerías, o, aún mejor, en el escaparate. Maroutou, con un conocimiento milimétrico de su zona y una red de contactos tejida a base de paciencia, era un profesional al que todos apreciaban. Seguía sintiendo el mismo escalofrío al leer un libro antes que nadie, al recibirlo mucho antes de que se publicase para poder presentarlo. Gracias a la motivación de la joven editora de Grasset, había conseguido transmitir el entusiasmo de la editorial por el libro de Pick. ¡Y menudos resultados! La novela seguía su trayectoria excepcional. Hervé acababa de recibir precisamente una invitación para celebrar ese éxito; cosa que le hacía mucha ilusión. No era nada raro que a los representantes los agasajaran cuando un libro empezaba su andadura, pero si resultaba ser un éxito, casi nadie se acordaba de invitarlos a los festejos. Lo compensaba esa fiesta que prometía ser la culminación de una aventura literaria poco habitual.

Al cabo de unas semanas tuvo que admitir que aquel cansancio no era normal. Una mañana se despertó vomitando y pasó el día con un dolor de cabeza espantoso. También le dolía mucho la espalda, un dolor extraño, como una quemazón en las lumbares. Por primera vez desde hacía mucho tiempo, anuló sus citas, pues se sentía incapaz de conducir y de hablar. Estaba alojado en el Mercure de Nancy y decidió consultar a un médico. Tuvo que llamar a varios números antes de conseguir cita. Cuando llegó a la sala de espera, no tuvo ánimos para hojear las revistas viejas que cubrían la mesa. Lo único que le importaba era encontrar algo que acabase con los dolores. Aunque no había comido nada desde por la mañana, le entraron otra vez ganas de vomitar. Le temblaba todo el cuerpo. Y sin embargo, tenía calor. No había quien se aclarase; tenía sensaciones totalmente anárquicas, como si sus miembros fueran el campo de batalla entre dos ejércitos. Perdió paulatinamente la noción del tiempo. ¿Cuántos minutos llevaba allí esperando?

Por fin fueron a buscarlo. El médico tenía la tez amarillenta y una pinta enfermiza. ¿A quién le apetece que lo atienda un moribundo? Le hizo varias preguntas de forma mecánica; el interrogatorio básico de cualquier paciente sobre sus antecedentes y las enfermedades familiares. A Maroutou lo reconfortó que alguien lo escuchara, iban a dar con lo que le pasaba. Con unos comprimidos y algo de reposo, pronto podría reanudar el trabajo. Lo primero que haría sería ir al Hall du Livre, una librería cuya dueña le caía especialmente bien; le había demostrado cuánto se fiaba de él encargándole directamente cien ejemplares de la novela de Pick.

—¿Le importaría toser, por favor? —preguntó el médico.

—No puedo, no me siento bien —susurró Maroutou.

—Sí, parece que le cuesta respirar.

—¿Qué opina usted?

—Tiene que hacerse unas pruebas más a fondo.

—¿No podría dejarlo para dentro de unos días?, ¿cuando esté de vuelta en París? —preguntó Maroutou.

—Esto..., cuanto antes se las haga, mejor —le comunicó el médico con tono apurado.

Unas horas después, en el Hospital Universitario de Nancy, Maroutou tenía el torso desnudo pegado a una placa fría. Era la primera etapa de una serie de pruebas. A la que siguieron otras. No era buen síntoma. Los médicos insistían una y otra vez en *afinar el diagnóstico.* Cuando todo va bien, se sabe enseguida. Afinar significa afinar el grado de gravedad. No merecía la pena marear la perdiz, veía perfectamente la cara que ponían los médicos. Al cabo, le preguntaron si quería saber la verdad. ¿Qué cabe responder a eso? «No, me he hecho las pruebas pero prefiero que no me cuenten nada.» Pues claro que quería saberla. El que parecía no tener muchas ganas de hablar era el hombre que tenía enfrente. No es muy probable que alguien decida hacerse médico para darse el gustazo de comunicarle a un hombre o a una mujer que no tardará en morir.

—¿Cuándo? —preguntó.
—Pronto...

¿Qué quería decir «pronto»? ¿Un día, una semana, un año? A su entender, «pronto» podía significar unos meses, y, en definitiva, no cambiaba nada; el hecho de enterarse ya marcaba el final de su vida. Pensó en su mujer un poco más que de costumbre. Había muerto de cáncer a los treinta y cuatro años, cuando estaban intentando tener un hijo. En su entorno profesional no lo sabía nadie. Maroutou había llevado la vida errante de los comerciales porque se había prometido que no volvería a comprometerse con nadie. Veinte años después, volvía a encontrarse con ella en el eco de una escena idéntica. Con una diferencia fundamental: estaba solo para enfrentarse al miedo. Él había podido sostenerle la mano a su mujer y se habían querido hasta el último aliento. Nunca olvidó las últimas horas de su historia de amor, unas horas paradójicamente apacibles y serenas. Solo quedaba lo esencial, el amor desquiciado de un hombre que acompaña a su mujer hacia la muerte. ¿Lo estaría esperando del otro lado? Sabía que no. Su cuerpo se había descompuesto hacía tiempo, como pronto le pasaría al suyo.

20.

El día de la fiesta de Grasset, Maroutou sacó fuerzas para acudir; seguramente le sentaría bien encontrarse allí con amigos y colegas. Tenía que obligarse a vivir. ¿Quién sabe? Podía resistirse a la enfermedad, como habían logrado hacer otros. Pero no tenía la energía necesaria para combatir; al estar solo, iba resbalando hacia su último día, deseando tan solo sufrir lo menos posible.

Como estaba agotado, prefirió ir a sentarse al fondo de la sala, algo apartado del gentío. Al pasar delante de la barra, le pidió a la camarera un whisky. La fiesta ya tenía el mismo ambiente que un convite de boda a última hora; eran apenas las ocho de la tarde y todo el mundo parecía achispado. Al rincón donde estaba sentado Maroutou llegó un hombre gris.

—Buenas noches, ¿puedo sentarme?

—Por supuesto —contestó Maroutou.

—Jean-Michel Rouche —se presentó enseguida el hombre.

—Anda, no le había reconocido. Me acuerdo de sus artículos.

—¿Quiere que me vaya a sentar a otro sitio?

—No, qué va. Maroutou, Hervé Maroutou. Tanto gusto.

—Tanto gusto.

Los dos hombres se dieron un apretón de manos, dos manos flojas que se estrecharon con la misma energía que un molusco neurasténico.

Cruzaron unas cuantas palabras sobre lo que tenían en común: ambos se estaban tomando un whisky.

—¿Y usted —preguntó Rouche—, a qué se dedica?

—Trabajo en Grasset. Soy comercial. Cubro la zona este de Francia.

—Parece interesante.

—Lo voy a dejar pronto.

—¿Ah? ¿Va a jubilarse?

—No, voy a morirme.

—...

Rouche se quedó pálido y luego balbució que lo sentía mucho. Maroutou continuó:

—Discúlpeme, no sé por qué le he dicho eso. Además, nadie lo sabe. No hablo del tema. Y ahora, de repente, lo acabo soltando. Y le ha tocado a usted.

—No se disculpe. Seguro que es importante... soltarlo. Si le parece, aquí me tiene..., en fin, no es que sea yo la alegría de la huerta.

—¿Por qué?

—No, sería ridículo. Acaba de decirme que va a morirse, no voy a ponerme a contarle mis problemas.

—Sí, por favor —insistió Maroutou.

A Rouche le pareció una situación incongruente; iba a rememorar sus desdichas para entretener a un muerto inminente. Desde hacía unos cuantos días, su vida estaba tomando un sesgo muy peculiar; se notaba como el personaje de una novela.

—Es mi mujer —empezó a decir Rouche para interrumpirse de pronto.

—¿Qué pasa con su mujer?

—Bueno, por llamarla así. No estamos casados.

—¿Y qué más? —se impacientó Maroutou.

—Acaba de dejarme.

—Ahora soy yo quien lo siente. ¿Llevaban mucho tiempo juntos?

—Tres años. Y no es que nos fuera demasiado bien, pero creo que la quería. Bueno, en realidad no lo sé. Pero me aferraba a ella, a la historia que teníamos juntos, para pasar la mala racha.

—Si no es indiscreción, ¿por qué decidió romper con usted?

—Por culpa de su coche.

21.

Era un resumen algo burdo de la situación, aunque no del todo falso. Después de pasar la noche en el Volvo, Rouche decidió volver a París. La carta que había conseguido era suficiente para la investigación, al menos por ahora. Era un elemento capital. Condujo feliz rememorando la velada con Mathilde. Hay que desconfiar de esos momentos, pensó acto seguido, como si reconocer que se había sentido feliz lo volviera frágil de repente.

Cuando llegó a casa, estuvo descansando buena parte de la tarde y luego se dio una ducha para recibir a Brigitte. Cuando esta llegó, intentó de inmediato hacerla partícipe de su gran descubrimiento, pero no pareció interesarle demasiado. Rouche se quedó muy dolido. Estaba deseando recuperar una parcela de entendimiento con ella, de complicidad, un tema de conversación apasionante para ambos. Estaba solo en esa historia suya de desenmascarar a un escritor. Brigitte prefirió hacerle un interrogatorio:

—¿Qué tal con el coche?

—...

—¿Por qué no contestas?

—Por nada.

—¿Qué ha pasado?

—Nada. Casi nada.

—¿Dónde lo has aparcado?

Bajaron a la calle los dos, andando uno detrás del otro; con el mismo estado de ánimo que en una ejecución. Al ver en qué estado estaba el coche, Brigitte se quedó espantada. No es para tanto; se puede arreglar fácilmente, argumentó Jean-Michel. En otras circunstancias, quizá el incidente no hubiera tenido tanta importancia, pero en ese contexto cada vez más tedioso entre ambos, ella lo percibió como un símbolo. Había decidido confiar en él y a la vista estaban los resultados. Brigitte se quedó absorta un rato ante los dos arañazos, como si la carrocería representase su propio corazón. De pronto se sintió muy cansada de que nadie la quisiera como le gustaría a ella.

—Prefiero que nos separemos.

—¿Qué? ¿Vas a dejarme por un arañazo?

—Son dos.

—Qué más da. Nadie se separa por eso.

—Te dejo porque ya no te quiero.

—Y si hubiese ido en tren, ¿seguiríamos juntos?

—...

Durante la velada que había pasado con Mathilde el día anterior, Rouche se había dado cuenta de lo mucho que quería a Brigitte; pero era demasiado tarde. La había decepcionado demasiadas veces. Estaban viviendo sus últimas horas juntos. Jean-Michel se aferraba a la ilusión de que todo se arreglaría, pero la mirada de Brigitte no admitía duda alguna. De nada servía mendigar una prórroga afectiva. Se había acabado. Sintió una quemazón intensa por todo el cuerpo, para su sorpresa. Todas las penalidades que había sufrido lo habían dejado reseco y estaba convencido de que su corazón ya no podía sangrar más.

22.

Tras oír el relato de Rouche, Maroutou estuvo de acuerdo en que era un motivo difícil de aceptar para una separación. Pero el periodista seguía justificando a Brigitte, recordando que seguramente le había salvado la vida en un momento en el que le sobraban motivos para hundirse. No conseguía guardarle rencor. Se tomaron otro whisky para zanjar el tema antes de pasar a Pick.

—¿Así que ha estado usted investigando la historia esa? —preguntó Maroutou.

—Sí.

—¿Y opina que no es el autor del libro?

—No es una opinión, es una certeza —afirmó Rouche bajando la voz, como si acabara de desvelar un asunto de Estado que pudiera poner en peligro el equilibrio geopolítico mundial.

Cuanto más notaban el ambiente festivo de la velada, más desfondados se quedaban los dos en sus respectivos sillones. Llega un momento en que el júbilo ajeno acentúa la propia congoja. Una mujer pasó por su lado:

—Me recuerdan a Woody Allen y Martin Landau al final de la película *Delitos y faltas*.

—Pues gracias —contestó Rouche, sin saber si era un halago o no.

Ya no recordaba esa película. Por su parte, Maroutou sabía que no la había visto; siempre le había gustado más leer que ir al cine. Pero ¿acaso importaba ya lo que le gustara? Todos los libros que había leído, disfrutado, defendido, formaban un montón de palabras incomprensibles; tenía la sensación de que no quedaba ni un resto de belleza. Y su propia vida se le antojaba un objeto grotesco.

—Voy a por otros dos whiskies —dijo Rouche.

—Qué buena idea... —contestó su compadre por una noche, que ni siquiera oía bien el sonido de su propia voz. Maroutou sentía como unas vibraciones caóticas: un zumbido que le impedía distinguir lo que sucedía fuera de lo que estaba pensando. El presidente de la editorial Grasset, Olivier Nora, estaba pronunciando un discursito para agradecerles a todos el trabajo realizado, y en especial a Delphine Despero. Maroutou reconoció a la joven editora, que parecía impresionada por ser el centro de atención de la concurrencia; todo el mundo la observaba. Por primera vez, se diría que había perdido el aplomo. Así resultaba más humana y entrañable. El jefe le pidió que pronunciara unas palabras, y aunque debía de llevar el discurso preparado, se aturulló un poco. Todo el mundo la miraba, incluidos sus allegados. Allí estaban sus padres y, por supuesto, Frédéric, que sonreía de oreja a oreja. En aquella celebración solo faltaba un representante de la familia del autor. Joséphine, a quien en teoría le correspondía ese papel, no había acudido. Habían estado intentando localizarla, en vano.

Desde su puesto de observación en retaguardia y a pesar de que veía un poco borroso, Maroutou se fijó en todo eso. Delphine le pareció una adolescente perdida en la inmensidad de un vestido de mujer. Se levantó de golpe y se dirigió hacia ella con paso nervioso. No oyó a Rouche preguntarle adónde iba. Varios pares de ojos se volvieron hacia ese hombre que hendía la audiencia ostentosamente; ese hombre que le arrebató el micrófono a Delphine para decir lo siguiente:

—¡Bueno, ya está bien! ¡Todo el mundo sabe que ese libro no lo escribió Pick!

Octava parte

1.

El golpe de efecto apareció en la prensa al día siguiente y también corrió por las redes sociales. Los aficionados a las teorías de la conspiración de todo tipo se emocionaron. Es tan tentador no creerse las versiones oficiales... Al jefazo de la editorial Grasset le pareció que no estaba de más cierta polémica para seguir impulsando el libro por el camino del éxito, aunque negara categóricamente la hipótesis de que *Las últimas horas de una historia de amor* fuera obra de otro escritor. El novelista Frédéric Beigbeder no dejó pasar la ocasión y escribió una crónica titulada «¡Yo soy Pick!». Al fin y al cabo, el libro lo había publicado su editorial. Y dado que era experto en Rusia (donde transcurría una de sus novelas), tenía que estar muy familiarizado con Pushkin. En cierto modo, era verosímil. Los periodistas lo estuvieron persiguiendo unos días y él aprovechó para anunciar a bombo y platillo la siguiente novela que iba a publicar. En cuestión de marketing fue lo más. Así nadie podría alegar que no se había enterado de que existía dicha novela, y menos aún del título: *La amistad (también) dura tres años*.

Obviamente, no había escrito el libro de Pick. Y no existía prueba alguna de lo que Maroutou había anunciado con tanta vehemencia en pleno cóctel. Se decía que aquella noche, borracho perdido, había dejado que el periodista Jean-Michel Rouche lo llevara a su terreno. Así que el frenesí se volvió hacia este. Empezó a circular el rumor de que sabía la verdad sobre el asunto. Rouche rechazó todas las peticiones de quienes le instaban a explicar por qué estaba tan convencido. Menuda ironía, ser el foco de atracción general después de haber sido el mayor apestado de todo París. Los que habían dejado de cogerle el teléfono recuperaron como por encanto las ganas de volver a verlo. Pero la satisfacción inicial no tardó en convertirse en asco por aquella pantomima. Decidió no decir nada. Tenía en su poder una carta de Pick, probablemente la única que escribió ese hombre; no pensaba hacerle semejante regalo, así como así, a esa jauría de mindundis.

No era solo cuestión de venganza: con la certeza como mejor arma, no quería desvelar nada antes de poder revelarlo todo. El caso era suyo y en adelante debía ser discreto si quería tener alguna oportunidad de que acabara bien. La intervención de Maroutou había complicado notablemente el asunto. Rouche empezaba a tener una idea clara de quién podía estar escondido detrás de Pick; pero no se lo diría a nadie más, ni siquiera a otro alcohólico con un pie en la tumba. La única a quien habría podido contarle todo era Brigitte. Pero ya no estaba ahí para escucharle. Desde que se habían separado, ya no contestaba a sus llamadas. Rouche le había dejado en el buzón de voz todo tipo de mensajes y en todos los tonos, desde el humor hasta la desesperación, pero no había servido de nada. Cuando iba sin rumbo por la calle, se fijaba en los Volvo. Después de Pick, eran su mayor obsesión. En cuanto veía uno, comprobaba de inmediato cómo estaba la carrocería. Ninguno tenía arañazos. Llegó a la conclusión de que todo el mundo tenía a alguien que lo quería excepto él.

2.

Esta vez, Rouche viajó en tren. Siempre le había gustado ese medio de transporte que propiciaba la lectura. ¿Por qué no lo había utilizado la vez anterior? Puedes enfrascarte en tus cosas sin arriesgarte a causar daños en el vehículo. Aprovecharía la ocasión para avanzar en la intriga del libro de Bolaño. Estaba siendo una experiencia muy peculiar. A Rouche, que conocía a fondo la literatura alemana, lo tenía fascinado la narración febril de *2666* y la mezcolanza de varios libros dentro de una trama gigantesca. Los argumentos se perdían en laberintos narrativos. Así que, mentalmente, montó dos equipos: el de García Márquez, Borges y Bolaño frente al de Kafka, Mann y Musil. Entre uno y otro, un hombre que oscilaba entre ambos mundos, y al que consideraba el árbitro: Gombrowicz. El periodista dejó que lo acunara aquel combate literario, recomponiendo la historia de un siglo mediante comas.

De repente, todo le pareció lógico: iba camino de una biblioteca.

¿Por qué no había escrito él ninguna novela? A decir verdad, había probado varias veces. Páginas y páginas de tentativas estériles. Y luego se puso a juzgar a los demás, a menudo con severidad. Lo cual hacía inviable el proyecto de publicar una novela, aunque fuera tan mediocre como las que leía. Cuando hojeaba ciertas obras, todavía pensaba: «¿Por qué no yo?». Al final de ese camino tan largo, donde se mezclaban la envidia y la frustración, Rouche se rindió definitivamente. Admitir que carecía de la capacidad de escribir fue casi un alivio. Había estado viviendo en ese entorno opresivo de lo inconcluso, con la sensación de no haberse realizado del todo. Quizá, también por eso, le atraía tanto la biblioteca de los libros rechazados. Comprendía perfectamente ese acto de renuncia.

3.

Aquel día diluviaba en Crozon. No se veía nada, podía haber estado en otro sitio cualquiera.

4.

Como no le llegaba para pagar un taxi, Rouche tuvo que esperar a que dejara de llover. Sentado junto al puesto de bocadillos, atrajo la mirada de varios transeúntes. Algunos incluso lo tomaron por un mendigo, sin que él lo sospechara. Se debía sobre todo a que la gabardina que llevaba estaba tazadísima por algunos sitios. Rouche siempre se había sentido cómodo con esa prenda de abrigo que le daba el aspecto de una novela sin terminar. Podía haberse comprado otra, Brigitte se había ofrecido varias veces a ir de compras con él*. Le decía que eran las rebajas, pero no había forma, Rouche prefería vivir y morir con ese material agonizante sobre los hombros.

Ahora Brigitte lo había dejado, pero seguía llevando la misma prenda. Esa reflexión le pareció incongruente. ¿A cuántas mujeres había conocido desde que tenía esa gabardina? Se acordaba de cada instante, y podía reconstruir su vida sentimental de los últimos años a través del prisma de un tejido. Podía volver a ver los ratos que pasó con Justine, cuando la colgaba en el perchero de una cafetería fina de París; el viaje a Irlanda con Isabelle, donde lo protegió maravillosamente contra el viento; y, por último, las discusiones sobre ella con Brigitte. Mientras estaba enfrascado en los recuerdos de lo que había vivido con su gabardina, el tiempo había ido pasando y en Crozon había dejado de llover.

5.

Se podía ir a la biblioteca a pie. Mientras andaba, Rouche fue pensando en la historia que lo había llevado hasta allí. Se había documentado sobre el origen de ese proyecto tan extraño de los manuscritos rechazados. Recabó algunos datos sobre Jean-Pierre Gourvec.

---

* Era, seguramente, lo que menos le gustaba hacer en este mundo, además de practicar deporte; podía desquiciarse solo con la perspectiva de tener que entrar en un Zara o un H&M, sobre todo por la música.

Se leyó *The Abortion* de Richard Brautigan. En general, a Rouche no le gustaba demasiado la literatura estadounidense, aparte de Philip Roth, que era el único que en su opinión se salvaba. En los tiempos en que escribía su crónica semanal, había arremetido contra Bret Easton Ellis tachándolo de ser el «escritor más sobrevalorado del siglo». Menuda estupidez, se arrepentía ahora, escribir semejantes sandeces, hacerse el listillo con frases grandilocuentes y lapidarias. No renegaba de sus opiniones, sino de la forma en que las había expresado. A veces le entraban ganas de volver a escribir sus artículos. Así que ese era Rouche, un hombre que llegaba con mucho retraso a la mejor versión de sí mismo. Igual le pasaba con las relaciones humanas; llevaba dentro un monólogo para Brigitte que no había podido recitarle a tiempo. Pero mientras iba andando hacia la biblioteca, tuvo por fin la sensación de que estaba conquistando el presente. Estaba exactamente donde debía estar.

Esta certeza, no obstante, se llevó un chasco. Siempre había un desfase entre el acaloramiento que sentía y la realidad. Dicho de otra forma: la biblioteca estaba cerrada. Una nota en la puerta rezaba:

> *Vuelvo dentro de unos días.*
> *Disculpen las molestias.*
> Magali Croze
> *Encargada de la biblioteca*
> *municipal de Crozon*

Exactamente lo mismo que con Joséphine. Desde que había empezado la investigación, cada vez que quería ver a una mujer, esta desaparecía antes de que él llegara. ¿Debía tomárselo como una señal? A lo mejor se pasaban el soplo para no tener que cruzarse con él. Sumado a la decisión de romper de Brigitte, aquello era demasiado para un solo hombre. ¿Qué hacer? Tenía que ver a Magali a toda costa. Ella podría contarle con todo detalle cómo habían descubierto la supuesta novela de Pick. Y además, tenía muchas ganas de saber más cosas sobre la personalidad de Jean-Pierre Gourvec. Rouche estaba convencido de que debía ahondar en el pasado de ese hombre.

6.

Por lo pronto, tenía que descifrar lo que significaba «unos días». Era otro punto en común con la «temporada» de Joséphine. La precisión brillaba por su ausencia. Entró en las tiendas aledañas, desde la pescadería hasta la papelería, para tratar de obtener información sobre cuándo volvería Magali. Nadie sabía nada. Se había ido de buenas a primeras, dejando esa nota enigmática. Le confirmaron que era una mujer muy profesional, que trabajaba a conciencia para que la biblioteca tuviera vida. Por lo que decían, no le pegaba nada haberse ido así.

En una tintorería, Rouche se topó con una mujerona larga y flaca como una escultura de Giacometti que le sugirió:

—Quizá debería ir a preguntar al ayuntamiento.

—¿Cree usted que sabrán cuándo va a volver?

—La biblioteca es municipal, así que el alcalde es su jefe. Seguramente le habrá informado. Además, a mí también me interesa. Me dejó un traje de chaqueta rosa y me gustaría saber cuándo va a volver para recogerlo. Si por casualidad la ve usted, dígaselo.

—Muy bien, cuente con ello...

Rouche se fue con aquel encargo para Magali aunque era poco probable que fuera lo primero que le dijese si es que conseguía dar con ella. Había caído muy bajo profesionalmente, pero de ahí a convertirse en el recadero de la tintorería... Y por si fuera poco, un traje de chaqueta rosa.

7.

En el ayuntamiento, una secretaria cincuentona le explicó que Magali se había ido sin decir en qué fecha volvería.

—¿No le parece preocupante?

—No, tenía muchas vacaciones atrasadas. Sabe usted, aquí todo el mundo se conoce.

—¿Qué me quiere decir con eso?

—Que trabajamos confiando unos en otros. No me sorprende que se haya ido sin avisar al alcalde. Hace un trabajo estupendo, así que tiene derecho a tomarse un respiro.

—¿Pero ya se había ido así alguna vez? ¿Sin avisar?

—No que yo recuerde.

—Si no es indiscreción, ¿trabaja usted aquí desde hace mucho? —preguntó Rouche.

—Desde siempre. Vine a hacer unas prácticas a los dieciocho años y aquí sigo. No le voy a decir cuántos años tengo pero, bueno, fue hace bastante.

—¿Puedo preguntarle otra cosa?

—Sí.

—¿Conoció usted a Henri Pick?

—Por encima. A quien más conozco es a su mujer. Quisimos organizarle un modesto acto entre amigos, aquí, en el ayuntamiento, y dijo que no.

—¿Un acto para qué?

—Por lo de su marido. La novela. ¿No ha oído hablar del tema?

—Sí, claro que sí. Y a usted ¿qué le parece?

—¿El qué?

—El asunto ese. La novela que escribió Pick.

—Pues me parece que es una publicidad estupenda. Por aquí vienen muchos curiosos. Y es bueno para el comercio. Un ejemplo muy sencillo: si hubiéramos contratado a una agencia de comunicación para dar a conocer el pueblo, no lo habría hecho mejor. Y con la biblioteca, ya nos apañaremos. Tengo una becaria que puede atender al público. No queremos decepcionar a todos estos visitantes nuevos.

Rouche hizo una pausa para mirar atentamente a la mujer. Menuda energía. Todas las respuestas le habían brotado de los labios como si las lanzara una catapulta de palabras. Se notaba que estaba lista para responder a todo tipo de preguntas durante horas con la misma vivacidad. Acababa de poner el dedo en la llaga. Rouche admitió que seguramente nunca se había hablado tanto de Crozon. Puede que todo el asunto del manuscrito encontrado lo hubiese aireado un portento bretón de la comunicación. De pronto, le preguntó:

—Y a Jean-Pierre Gourvec, ¿lo conocía?

—¿Por qué me pregunta eso? —contestó la secretaria con una sequedad que rompía radicalmente con el tono inicial de la conversación.

—Porque sí. Por pura curiosidad. Al fin y al cabo, la idea de importar aquí la biblioteca de libros rechazados fue suya.

—Cierto, ideas no le faltaban. Pero luego...

—¿A qué se refiere?

—A nada. Bueno, pues si no le importa, tengo que seguir trabajando.

—Muy bien —contestó Rouche sin insistir; al parecer, existía algún roce entre esa mujer y Gourvec. La secretaria se había ruborizado intensamente al oír el nombre del bibliotecario. Después del traje de chaqueta rosa de Magali, la investigación de Gourvec cobraba la forma de una variación de colores dentro de la misma gama. El periodista le agradeció efusivamente su valiosa ayuda e hizo mutis.

No iba a poder avanzar mucho en la investigación ese día. Más le valía hacerse a la idea. ¿Qué decisión debía tomar? Ir a algún sitio a beberse unas cervezas: era una buena idea, desde luego, pero no la más constructiva. Entonces se le ocurrió algo mejor que hacer: ir a ver directamente a Henri Pick, al cementerio.

8.

Ciertamente, a Magali no le pegaba nada haberse ido así, sin avisar; en general, no le pegaba nada hacer cosas no premeditadas; su existencia era una sucesión de planificaciones.

Mientras conducía aquella noche, unos días antes, tuvo que detenerse varias veces. Detenerse para estar segura de que realmente había vivido lo que acababa de pasar. No tenía las ideas claras (podría incluso decirse que estaba totalmente confundida), pero le bastaba con respirar para que la invadiera un olor ajeno. El de Jérémie. La realidad se le adhería tenazmente a la piel: la prueba física de que no había sido un sueño. Un joven había sentido por ella un deseo simple y brutal, y ella se preguntaba por qué iba conduciendo en esa dirección, dejando tras de sí la belleza. Varias veces se planteó dar media vuelta, aunque estuviera prohibido en aquel tramo de carretera con raya continua. ¿Y qué? No había raya que pudiera pararla. Aun así, siguió conduciendo hacia su casa, y el trayecto se le hizo tan largo y sinuoso como sus titubeos.

Su marido la había llamado varias veces, preocupado al ver que no llegaba. Magali había puesto la excusa del inventario y él ni siquiera se planteó que siempre hacía los inventarios durante el día, cuando la biblioteca estaba cerrada. Cualquier persona que tuviera un mínimo interés por ella se habría dado cuenta de que había faltado a la verdad. Pero ¿por qué iba a mentirle? En Crozon nadie miente a los demás. No hay motivo para hacerlo. Así que esa noche se había preocupado porque la ausencia de su mujer se salía de lo habitual, pero nada más, eso era todo.

Magali llegó a casa preparada para dar explicaciones. ¿Se fijaría su marido en el pelo revuelto, el aspecto desaliñado, las salpicaduras de la felicidad física? Sí, seguro que José se daba cuenta de todo. Porque era algo evidente, saltaba a la vista, y Magali no era capaz de enmascarar la verdad. Pero esa noche todo parecía distinto; le sorprendió la actitud casi ansiosa de su marido. Siempre había creído que podía esfumarse durante dos o tres días antes de que él se percatara de su ausencia. En ocasiones, se pasaban toda la velada sin articular palabra, y otras solo la empantanaban con detalles prácticos, como saber quién iría a hacer la compra al día siguiente. Tuvo que admitir que estaba equivocada; José había llamado para saber qué estaba haciendo. Y ella, ¿qué quería, en realidad? Puede que prefiriera su indiferencia, que no perturbara con sus llamadas el goce que estaba viviendo.

No dejaba de pensar en ese goce. Le entraba vértigo. Jérémie le había pedido que a la mañana siguiente fuese a despertarlo «con la boca», y esa frase la tenía obsesionada, pero una parte de sí misma pensaba: mañana ya no estará allí. Una cosa es lo que me ha dicho y otra muy distinta la verdad: se habrá marchado. Habrá vuelto a su casa o se estará tirando a otra como yo, no le costará encontrarla; en todas partes había mujeres que no soportaban que ya no las tocaran, mujeres que se sentían gordas y horrendas, así que Jérémie debía de ir dejando un rastro de recuerdos inolvidables, era su forma de pasar a la posteridad, ya que no conseguía que lo publicaran. Sí, seguro que ya no estaría allí. El hecho de haber creído lo contrario por un instante la hizo sonreír.

Una vez en casa, Magali cruzó el salón sin hacer ruido. Le sorprendió que estuvieran todas las luces apagadas. Ese no era el escenario de un hombre preocupado. Se dirigió sin hacer ruido al dormitorio, donde descubrió a su marido, con la boca abierta, sumido en un sueño abisal.

9.

Magali se pasó gran parte de la noche despierta. Y volvió a irse por la mañana temprano, después de haberse tirado una hora en el cuarto de baño. No había tenido que dar explicaciones, su marido estuvo durmiendo todo el tiempo que pasó ella en casa. De todas formas, se pondría muy contento al despertarse, porque le había dejado el café hecho y la mesa puesta para el desayuno.

Magali abrió la puerta de la biblioteca a primera hora de la mañana, cuando todo está tan tranquilo como si los libros también durmieran, y cruzó entre las estanterías hasta llegar a su despacho. El corazón le latía de forma nueva, con un ritmo inédito. Podría haber andado más deprisa, haber echado a correr hacia lo que iba a encontrarse, pero le gustaba prolongar la espera; durante unos metros, unos segundos, aún podía suceder cualquier cosa. Jérémie podría estar allí, durmiendo, esperando a que lo despertara con la boca. Abrió la puerta despacito para encontrarse con el joven tumbado, sumido en un sueño que parecía un lago suizo. Cerró la puerta y volvió a abrirla, como para asegurarse de que los ojos no la engañaban. Entonces se aproximó para mirarlo más de cerca. El día anterior no se había atrevido a detener mucho la vista en él, y cada vez que se le había cruzado con la suya, la había desviado. Ahora podía contemplarlo, demorarse en cada detalle de su cuerpo, aturdirse con su belleza. Así que tenía que despertarlo con la boca. ¿Querría que lo besara? Se puso a darle besos suavemente por el torso, siguió por el vientre y él empezó a estremecerse; luego le puso la mano en la cabeza y, tras acariciarle el pelo brevemente, la guio un poco más abajo.

Más tarde, Magali preparó café y se lo llevó a Jérémie. Este se acomodó detrás del escritorio. Debía de haber estado recorriendo las estanterías por la noche porque había reunido un montoncito de libros que estaba junto a él. Magali reconoció entre otros a Kafka, Kerouac y Kundera. Llegó a la conclusión de que solo se había parado en la letra K. Estuvo dudando entre *Los Vagabundos del Dharma* y *El proceso,* para finalmente enfrascarse en *El libro de los amores ridículos.* Magali lo estuvo observando un rato y le preguntó:

—¿Tienes hambre? ¿Quieres que vaya a por unos cruasanes?

—No, gracias. Tengo todo lo que necesito —contestó él, señalando el libro.

Magali lo dejó para ir a abrir la biblioteca al público. Fue un día particularmente tranquilo, que le brindó numerosas ocasiones de ir a ver a Jérémie. A veces, este le pedía que se acercara y le deslizaba la mano entre los muslos. Ella se lo consentía sin decir nada. ¿Qué iba a pasar? ¿Qué quería de ella? ¿Cuánto tiempo iba a quedarse? Le hubiese gustado ceder sin más a esa locura, pero no había manera, tenía la cabeza llena de una avalancha de preguntas. Jérémie ya no parecía tan marginado como el día anterior, ni tan torturado; hoy tenía más bien pinta de ser un vividor disfrutando de los regalos de la vida. Cuando acabó su jornada laboral, Magali fue a comprar una botella de vino y algo para cenar, y se sentaron a comer directamente en el suelo. Hablaron más que el día anterior. Jérémie le contó lo mal que se llevaba con sus padres, sobre todo con su madre; había estado interno y luego en una residencia estudiantil, y llevaba casi cinco años sin verlos. «Puede que se hayan muerto», susurró antes de añadir que era poco verosímil; como mínimo, le habrían avisado. A Magali, esa ocurrencia la dejó helada. Cuando veía a chicos jóvenes pidiendo en la puerta del supermercado, se imaginaba que esa precariedad era culpa de las malas relaciones familiares. Pensó en sus hijos, se dijo que no los veía lo suficiente. Que quizá no les demostraba bastante que los quería.

Jérémie la animó a rememorar a sus propios padres. Hacía tanto tiempo que se habían muerto que ya no hablaba de ellos nunca. Nadie le preguntaba cosas sobre su infancia. De repente, se apoderó de ella una intensa emoción. Llevaba años viviendo sin preguntarse lo que añoraba y lo que no. De pronto comprendió cuánto le dolía que su madre ya no estuviese a su lado. Había pensado que su ausencia formaba parte de lo que se denomina *cosas de la vida*. Ahora comprendía que el hecho de que una realidad sea muy común no es incompatible con sentir la muerte como un escándalo emocional del que resulta imposible recuperarse.

Iba colocando las palabras encima del abismo que tenía dentro, e incluso una explicación sobre la forma en la que había abandonado su propio cuerpo. Jérémie notó lo desvalida que se sentía y la consoló con unos cuantos gestos.

10.

Los días posteriores transcurrieron en el mismo ambiente. Magali alternaba ratos de euforia, sobreexcitada por la intensidad de lo que sentía, y ratos en los que se asustaba de lo que le estaba pasando. Procuraba, sin tener que esforzarse demasiado, no cruzarse con su marido. Últimamente, José andaba más agotado que de costumbre por la cadencia de los ritmos que le imponía la fábrica de Renault. Ahora trabajaba a jornada completa. Para que las plantas se quedaran en Francia, había que trabajar con más energía y demostrar que la pericia no se puede cambiar por mano de obra barata. Para los trabajadores, esa competencia encarnizada suponía que los explotaran todavía un poco más, tanto si querían conservar su puesto como si aspiraban a ocupar uno. Fuera cual fuera su situación, salían perdiendo. José esperaba el momento de prejubilarse como una liberación. Por fin podría disfrutar de la vida, es decir, ir a pescar y pasear por la costa. Puede que incluso su mujer lo acompañara alguna vez; hacía mucho tiempo que no pasaban un rato juntos, así porque sí, solo por dar una vuelta y probar a perderse.

Jérémie seguía durmiendo en el despacho; Magali se había limitado a llevarle una manta. No parecía molestarle la falta de comodidades. Magali no se atrevía a preguntarle cuánto tiempo pensaba quedarse. Un día, él le dijo, sencillamente:

—Tengo que volver a casa.

—¿Cuándo?

—Mañana.

—...

—Hay un tren que va a París. Seguramente pasaré allí una noche y el domingo saldré hacia Lyon. Un amigo me ha ofrecido un trabajo a media jornada. No puedo rechazarlo, ¿entiendes?

—Sí, lo entiendo.

—En Lyon tengo un cuartito, en una buhardilla. Es pequeño, pero la verdad es que está bien. Podrías venirte.

—¿Irme... contigo?

—Sí. ¿Qué te lo impide?

—Pues... todo.

—¿No te apetece seguir conmigo?

—Sí, claro que sí. No es por eso, pero... está el trabajo...

—Cierra la biblioteca. Pon de excusa una baja por enfermedad. Y en Lyon, con la experiencia que tienes, ya encontrarás algo. Estoy convencido.

—¿Y mi marido?

—Ya no lo quieres. Y tus hijos ya son mayores. Allí seremos muy felices. Hay algo entre nosotros dos. Vine aquí a dejar mi libro porque mi destino era conocerte. Nunca nadie se había portado tan bien conmigo.

—Pero si no he hecho nada del otro mundo.

—Esta semana ha sido la mejor de mi vida, aquí tumbado, con los libros, y contigo viniendo a verme de vez en cuando. Y me gusta hacer el amor contigo. ¿A ti no te gusta?

—Mmmm..., sí.

—¿Entonces? Vámonos mañana.

—Pero... es que va todo tan deprisa...

—¿Y qué? Si no vienes, acabarás lamentándolo.

Magali tuvo que sentarse. Jérémie se había expresado con mucha calma, como si todo le resultara sencillo y obvio, mientras que para ella suponía revolucionar toda su vida. Se puso a darle vueltas: Jérémie tiene razón, lo dejo todo, sin pensármelo, está clarísimo, no puedo prescindir de ese hombre, no puedo vivir sin su cuerpo, sus besos, su belleza, no podría ya seguir viviendo sabiendo que está lejos de mí, sí, tiene razón, ya no quiero a mi marido, al menos no me planteo lo que siento cuando estoy con él, es un dato preestablecido, definitivo, hasta que me muera, lo que Jérémie propone es que me evada un poco de esa muerte que me espera, me ofrece la vida ahora que me estoy ahogando, he dejado de respirar rodeada de tantos libros, me asfixian, con tantas historias por todas partes que no me dejan tener la mía propia, todas esas frases, todas esas palabras desde hace años, las novelas me cansan, los usuarios me agotan, y por si fuera poco los escritores fracasados, ya no quiero más libros, lo que quiero es escaparme de esta cárcel de estanterías, tranquilízate, Magali, tranquilízate, seguro que a todo el mundo le pasa lo mismo, al cabo de un tiempo todos acabamos asqueados de la vida, del trabajo, pero a mí me gustaban los libros, yo quería a José, y seguramente lo sigo queriendo, seamos francos, me dolería dejarlo ahí, huérfano de nosotros, pero ya no tenemos casi nada en común, se ha convertido en una presencia, una presencia de siempre, infalible e insensible, nos mantiene unidos el pasado, los recuerdos, quizá eso sea lo que más importa, los recuerdos que demuestran que hubo amor, y la prueba tangible son nuestros hijos, mis niños que se alejan, antes yo lo era todo para ellos, y ahora unas cuantas llamadas rápidas, cariño tecnológico, con un «buenos días» que parece un «buenas noches», seguramente les afectaría que me fuera, uno diría que mi vida es mía, el otro que cómo he podido estar tan loca de hacerle eso a papá, pero en el fondo me importa un bledo lo que opinen, yo no juzgo sus decisiones, así que ahora tienen que dejarme ser libre, libre para tratar de ser feliz.

11.

Aquella noche, Magali volvió a dormir muy poco. Estuvo pensando en el libro de Henri Pick. Le pareció que tenía paralelismos increíbles con su propia historia. ¿Con quién estaba ella viviendo aquellas últimas horas? ¿Con Jérémie o con José? Se pasó la noche observando a su marido, igual que se contempla un paisaje el último día de vacaciones. Hay que memorizarlo todo. José dormía profundamente, ajeno al peligro afectivo que se avecinaba. En ese momento en el que todo era tan confuso, Magali estaba segura de una cosa: no iba a poder seguir viviendo como antes.

A la mañana siguiente se fue sin despertarlo. Era sábado y no tenía que ir a la fábrica. Dormiría por lo menos hasta las doce. En cuanto Magali entró en la biblioteca, Jérémie le preguntó qué había decidido. Ella pensaba que aún le quedaban algunos segundos para pensárselo, pero no, le tocaba saltar al vacío:

—Iré a casa a primera hora de la tarde... —empezó a decir, pero no pudo continuar.

—Vale, ¿y luego?

—Recogeré mis cosas. Y después nos iremos.

—Perfecto —dijo Jérémie acercándose.

—Espera. Espera. Déjame acabar —dijo Magali, indicándole con la mano que retrocediera.

—De acuerdo.

—He comprobado los horarios. El autobús de Quimper sale a las tres. Y luego cogeremos el tren de París, el de las cinco y doce.

—Lo has mirado todo. Qué bonito gesto.

—...

—¿Pero por qué no vamos en tu coche? Sería más práctico.

—No puedo hacer eso. El coche de mi marido se estropeó hace tres meses. Tendríamos que comprar otro, pero es demasiado caro. Va a la fábrica con un compañero que viene a buscarlo y luego lo trae a casa. Bueno, resumiendo, comprenderás que... no puedo dejarlo y, encima, llevarme el coche.

—Sí, tienes razón.

—...

—¿Ya puedo acercarme a abrazarte? —preguntó entonces Jérémie.

12.

Magali estuvo toda la mañana intentando trabajar
«como si tal cosa». Siempre le había gustado esa expresión que trata de esconder lo esencial; en su caso, el abismo de una decisión de primer orden. Fue varias veces a
ver a Jérémie, que parecía estar enfrascado en sus asun-
tos*. Debía de estar montándose novelas que nunca
llegarían a ninguna parte; cuánta gente se pasa la vida
dejándose mecer por ilusiones. Lo observaba fugazmen-
te, reconociendo en su fuero interno que era una locura
irse con él. Al fin y al cabo, apenas lo conocía. Qué más
daba, sencillamente se limitaba a vivir uno de esos momentos tan escasos en los que el mañana no importa; en
los que solo la fuerza del presente decide nuestra vida. Se
sentía a gusto con él, y eso bastaba. No era necesario
intentar definir lo que sucedía en su cuerpo; las palabras
no servían en una situación de ese tipo. Aunque abriese
cualquiera de los miles de libros que la rodeaban, nunca
encontraría la clave de por qué actuaba así.

A eso de las doce, cuando la biblioteca se quedó
vacía, le dijo a Jérémie:

—Voy a cerrar. Lo mejor es que te vayas ahora a la
estación de autobuses, yo me reuniré contigo dentro de
un rato, cuando recoja mis cosas.

—Perfecto. ¿Puedo coger unos cuantos libros?
—preguntó cambiando de tema desenfadadamente,
como si no se percatara del reto que suponía en la vida
de Magali aquella fuga.

---

* Era ese tipo de hombre que siempre les da a los demás la sensación de que lo
están molestando aunque no esté haciendo nada.

—Sí, claro. Claro que puedes. Puedes coger todo lo que quieras.

—Solo dos o tres novelas, no quiero ir cargado si no vamos en coche.

Recogió sus cosas, eligió tres libros y salieron los dos de la biblioteca. Para que nadie se fijara en ellos, se separaron a una distancia ya calculada, sin ni siquiera darse un beso.

13.

Magali fue directa a su cuarto. Su marido seguía durmiendo, lo que demostraba lo cansado que estaba. Se sentó un momento al borde de la cama, como si fuera a despertarlo; como si fuera a contárselo todo. Podría haberle dicho: he conocido a otro hombre y no puedo evitarlo, tengo que dejarte porque me moriré si dejo que se vaya y no vuelve a tocarme. Pero no dijo nada y siguió observándolo, sin hacer ni un solo ruido para no perturbar su sueño.

Luego escudriñó el cuarto de ambos. Se sabía de memoria cada recoveco. No albergaba sorpresas, en ningún sitio; ni siquiera el polvo, al depositarse, se tomaba nunca la libertad de alterar la precisión de su ritmo. Era el marco milimetrado de su vida, y casi le sorprendió sentir que la reconfortaba. Aunque los últimos días le habían aportado un placer divino, le habían resultado sobre todo agotadores. Cada minuto de su breve romance lo había vivido con un nudo en el estómago, debilitada por el miedo a que la juzgaran. Puede que con José la vida fuera tranquila, pero empezaba a reconocer que esa tranquilidad también albergaba una forma de placer. Aquella comodidad no carecía de belleza. Lo que antes era mediocre se le aparecía ahora bajo una luz distinta, y su propia vida estrenaba ropa nueva. Comprendió cuánto iba a echar de menos todo lo que llevaba una semana rechazando. Sí, la añoranza se infiltraba en ella, a última hora, casi con ironía. Fue entonces cuando las lágrimas le rodaron por las mejillas. Daba rienda suelta a todo cuanto había estado conteniendo desde que la atrapó la locura del remolino emocional.

Al cabo, se levantó para coger una bolsa de viaje y meter dentro algunos objetos personales. Al abrir un cajón, despertó a su marido:

—¿Qué estás haciendo?

—Nada. Solo estoy recogiendo un poco.

—Pues no lo parece. Estás preparando una bolsa.

—¿Una bolsa?

—Sí, estás metiendo cosas en una bolsa. ¿Te vas a algún sitio?

—No.

—Entonces, ¿qué estás haciendo?

—No lo sé.

—¿No lo sabes?

—...

—Parece que estás llorando. ¿Seguro que estás bien?

Magali se quedó quieta, paralizada. Ya no sabía ni cómo respirar. José la miraba sin entender qué estaba pasando. ¿Cómo iba a imaginarse siquiera que a su mujer la estaba esperando en la estación de autobuses un hombre de la misma edad que sus hijos? En general, los cambios de humor de Magali lo dejaban indiferente. Cuando no la entendía, se decía que «eran cosas de mujeres». Pero en esta ocasión se incorporó en la cama. Había notado algo distinto, puede que incluso algo serio.

—Dime lo que estás haciendo.

—...

—Puedes contármelo.

—Estoy preparando una bolsa porque quiero que nos vayamos. Ahora mismo. No me lo discutas, por favor.

—Pero ¿adónde?

—Qué carajo importa. Cogemos el coche y nos largamos. Unos días, los dos solos. Llevamos años sin salir de vacaciones.

—Pero es que yo no puedo irme así como así, por el trabajo.

—Te estoy diciendo que nos importa un carajo. Ya conseguiremos un certificado médico. No te has cogido ni una baja por enfermedad en treinta años. Por favor, no te pares a pensarlo.

—¿La bolsa era para eso?

—Sí, estaba preparando nuestras cosas.

—¿Y la biblioteca?

—Iré a poner una nota. Venga, vístete que nos vamos.

—Pero no me he tomado el café.

—Por favor. Nos vamos ya, aunque sea sin nada. Nos vamos. Deprisa, deprisa. Ya tomaremos café en la autovía.

—...

14.

Al cabo de unos minutos estaban en el coche. José nunca había visto a su mujer así, y había comprendido que tenía que hacerle caso en todo. Porque, bien pensado, tenía razón. Él ya no podía con su alma. El trabajo lo estaba matando. Había llegado la hora de irse, de dejarlo todo, de respirar un poco, aunque solo fuera para sobrevivir. Por el camino, Magali se paró en la biblioteca para dejar una nota explicando que estaría unos días fuera. Condujo deprisa, sin saber muy bien adónde iba, con la embriaguez de la incertidumbre. Por fin hacía algo sin premeditación. José bajó la ventanilla para dejar que el viento le azotase la cara, porque lo que estaba pasando era tan parecido a un sueño que no estaba seguro de haberse despertado.

15.

Sin saberlo, Rouche se había cruzado con Jérémie en la estación de autobuses, ese mismo día. Luego se encontró con que la biblioteca estaba cerrada e intentó sonsacar a varios lugareños antes de preguntarle a la mujer del ayuntamiento. Todo ello le había llevado a un callejón sin salida, que podía considerarse el estribillo habitual de su investigación. Primero fallaba y luego le salía bien. De momento, los fracasos sucesivos eran los que lo habían puesto sobre la pista correcta.

Empezaba a comprender por qué la vida le había deparado desilusiones tan hondas; había tenido la pretensión de vivirla a su manera y se había orientado hacia los ámbitos literarios pertrechado con planes estratégicos para alcanzar el éxito. Ahora estaba descubriendo que también había que dejarse guiar por la intuición. Sintió, pues, la necesidad de ir a ver la tumba de Henri Pick. A partir de ahí, podría ir remontando hasta los elementos del pasado que le permitirían descubrir la verdad.

Al periodista le sorprendió lo grande que era el cementerio de Crozon; cientos de tumbas a ambos lados de una avenida central que desembocaba en un monumento dedicado a las víctimas de las dos guerras mundiales. A la entrada había una casita de color rosa desvaído donde vivía el guarda. Este, al ver a Rouche, salió de su guarida:

—¿Viene a ver a Pick?

—Sí —contestó, algo sorprendido.

—Está en la plaza M64.

—Ah, gracias... Que pase un buen día.

El hombre se volvió a meter en su casa, sin añadir nada más. Era un minimalista de la información. Salía, indicaba «M64» y se iba. Rouche repitió mentalmente «M64» varias veces antes de que se le ocurriera que hasta los muertos tenían dirección.

Anduvo despacio entre las tumbas, sin esforzarse en localizar los números porque prefería descifrar todos los nombres hasta leer el de Henri Pick. Instintivamente, se puso a calcular cuántos años había vivido cada muerto. Laurent Joncour (1939-2005) se había ido pronto, a los sesenta y seis años. Un ejemplo entre tantos otros, y el periodista no pudo dejar de pensar que todos, al igual que él, habían vivido peripecias cotidianas: cada uno de los cadáveres, en algún momento, se había acostado con alguien por primera vez, se había peleado con un amigo por algún motivo que ahora parecía irrisorio, y puede incluso que algunos también hubieran rayado un coche. Él estaba allí en calidad de superviviente de la comunidad humana, al igual que otro espécimen vivo al que divisó unos metros más allá. Era una mujer de unos cincuenta años que enseguida le resultó familiar. Se acercó, sin dejar de descifrar los nombres de las tumbas, aunque estaba prácticamente seguro de que la tumba que velaba esa mujer era la de Pick.

16.

Cuando llegó a su altura, Rouche reconoció a Joséphine. La había estado esperando delante de la tienda para, al final, encontrársela allí. Le echó una ojeada a la tumba y descubrió que estaba cubierta de flores, incluso había algunas cartas. Esa imagen le reveló la magnitud del fenómeno que se había creado en torno al novelista. Su hija seguía inmóvil delante de la sepultura, sumida en un silencio hipnótico. No se percató de que había otro visitante. Al contrario que en las fotos que había visto en la prensa, donde mostraba un aspecto risueño en ocasiones rayano en lo ridículo, le pareció muy seria. Claro que estaba delante de la tumba de su padre, pero Rouche notó que no era por eso por lo que estaba triste; antes bien, había ido allí a buscar un consuelo que ya no encontraba fuera de las tapias del cementerio.

—Su padre le escribió una carta muy bonita —dijo con un suspiro.

—¿Disculpe? —preguntó Joséphine, sorprendida de que estuviera allí ese hombre de cuya presencia no se había percatado.

—La carta que encontró usted; es muy conmovedora.

—Pero... ¿y usted cómo lo sabe? ¿Quién es usted?

—Jean-Michel Rouche. Soy periodista. No se preocupe. Fui a verla a Rennes, pero había desaparecido. Mathilde me contó lo de esa carta. Logré convencerla para que me la enseñara.

—Pero ¿y a usted qué le importa?

—Quería tener un documento escrito... de puño y letra de su padre.

—Bueno, pues déjeme en paz. ¿No ve que quiero estar sola?

—...

Rouche retrocedió un metro y se quedó como petrificado. Se sentía estúpido por no haber previsto que reaccionaría así. Qué poco tacto. Esa mujer estaba delante de la tumba de su padre y él se ponía a contarle lo de la carta, de buenas a primeras. Una carta muy personal que él había conseguido sin su permiso. ¿Qué otra respuesta cabía esperar? Aunque le encantaba su investigación, estaba descartado herir a nadie. Joséphine volvió la cabeza al notar que se había quedado detrás de ella.

Con esa gabardina raída y empapada, el hombre aquel tenía pinta de ser un colgado inofensivo. Le preguntó:

—¿Qué quiere usted?

—No sé si este es un buen momento...

—No se ande con rodeos. Diga lo que tenga que decir.

—Tengo la corazonada de que su padre no escribió la novela.

—¿No me diga? ¿Y eso por qué?

—Es una corazonada. Hay algo que no encaja.

—¿Y qué?

—Quería tener una prueba. Un documento escrito...

—¿Por eso quería la carta?

—Sí.

—Pues ya la tiene. ¿Le ha servido para algo?

—Lo sabe usted de sobra.

—¿A qué se refiere?

—No se engañe usted. Basta con leer dos líneas para darse cuenta de que su padre nunca pudo haber escrito una novela.

—...

—Es una carta conmovedora, pero tiene un vocabulario tan pobre, es tan ingenua, plagada de faltas... En fin, ¿está de acuerdo conmigo?

—...

—Se nota que hizo un esfuerzo sobrehumano para escribirle esas palabras, porque todos los niños reciben cartas de sus padres cuando están de campamento.

—Una carta escrita deprisa y corriendo a un niño y una novela no son lo mismo.

—Honradamente, lo sabe usted tan bien como yo. Su padre no pudo haber escrito una novela.

—No lo sé. Y además, ¿cómo está usted tan seguro? No se lo podemos preguntar.

Ambos miraron la tumba de Henri Pick, pero no sucedió nada.

17.

Una hora después, Rouche estaba en el salón de Madeleine, con una taza de té al caramelo delante. Joséphine estaba viviendo allí de momento, según dedujo, desde el trauma que supuso la traición de Marc. Estaba intentando recobrar algo de serenidad. Solo salía de casa para ir al cementerio. Y eso que le guardaba rencor a su padre. Su novela póstuma había acabado sembrando el mal. Madeleine decía que el comportamiento incalificable de su antiguo yerno debería servirle, precisamente, para pasar página de una vez por todas. No le faltaba razón. Aquellos últimos días, tan crueles, eran el colofón a varios años de tristeza; también estaba pasando allí ese duelo, el de perder la esperanza de recuperar el pasado.

Marc le había dejado muchísimos mensajes pidiéndole disculpas y dando explicaciones. Tenía tantas deudas que su nueva mujer lo había convencido. No sabía por qué había actuado con tan pocos escrúpulos. Ahora ya había roto con ella de verdad, y se acordaba mucho de su reencuentro; aunque sus intenciones iniciales fueran cuestionables, se había sentido inmensamente feliz estando de nuevo a su lado. Era consciente de que lo había echado todo a perder, pero no podía olvidar el innegable renacimiento que habían experimentado. Ahora lo entendía todo. Y era demasiado tarde. Joséphine no volvería a verlo nunca.

Por lo pronto, estaba sentada en un rincón del salón, apartada, mientras Rouche y su madre comentaban la situación. Madeleine releyó la copia de la carta varias veces, antes de preguntar:

—¿Y qué quiere usted que le diga?

—Lo que quiera.

—Mi marido escribió una novela. Ya está, así son las cosas. Era su secreto.

—Pero la carta...

—¿Qué?

—Está clarísimo que era incapaz de escribir. ¿No está de acuerdo?

—Ay, lo que estoy es harta de toda esta historia. Todo el mundo se está volviendo loco con ese libro. ¡Fíjese en qué estado está mi hija! Esto se está saliendo de madre. Voy a llamar a la editora.

Rouche observó, sorprendido, cómo Madeleine se levantaba para descolgar el auricular del teléfono fijo. Abrió una anticuada libretita negra con las esquinas abarquilladas y marcó el número de Delphine.

Eran casi las ocho; la pilló cenando en casa con Frédéric. Madeleine fue directamente al grano:

—Tengo aquí a un periodista que dice que Henri no escribió el libro. Ha aparecido una carta.

—¿Una carta?

—Sí. Bastante mal escrita... La verdad es que te entran muchas dudas leyéndola.

—Una carta no es lo mismo que una novela —balbució la joven—. ¿Y quién es ese periodista? ¿Es Rouche?

—Eso da igual. Lo que quiero es que me diga la verdad.

—Pero... la verdad es que en el manuscrito figuraba el nombre de su marido. De hecho, el contrato está a nombre de usted. Usted es quien percibe los derechos de autor. Eso demuestra sobradamente que siempre he creído que el autor era él.

Delphine había activado el altavoz para que Frédéric oyera la conversación. Este le susurró: «Dile que le pregunte al periodista quién cree él que es el autor». La anciana repitió la pregunta y Rouche contestó: «Tengo mis sospechas. Pero de momento no puedo decir nada. En cualquier caso, no pueden seguir dejando que la gente crea que el autor es Henri Pick». Delphine intentó calmar los ánimos asegurándole a Madeleine que, hasta que se demostrara lo contrario, el autor de la novela era, en efecto, su marido. Y al periodista ese, más le valía respaldar sus afirmaciones en lugar de exhumar cartas viejas dirigidas a una niña. Y añadió: «¡Si encontráramos una lista de la compra de Proust, a lo mejor nos parecía imposible que ese mismo hombre hubiese escrito los siete tomos de *En busca del tiempo perdido*!». Y tras ese argumento se despidió de Madeleine y colgó.

Frédéric simuló un aplauso al tiempo que decía:

—Bravo, qué buen argumento. La lista de la compra de Proust...

—Se me ocurrió de repente.

—En cualquier caso, tenía que pasar algún día. Lo sabes de sobra.

240

—Tienen dudas, es normal. Pero esa carta no puede ser un elemento que demuestre que Pick no escribió el libro. No tienen ninguna otra prueba concreta.

—De momento...

Frédéric añadió esto último con una sonrisa que irritó sobremanera a Delphine. Ella, que solía ser tan comedida, se salió de sus casillas:

—¿Y eso qué significa? ¡Es mi reputación la que está en juego! El libro es un éxito y todo el mundo piensa que tengo un olfato excepcional, así que ya está. Ahí se acaba la historia.

—¿Ahí se acaba la historia?

—¡Sí! ¡Es maravillosa tal y como está! —dijo Delphine poniéndose en pie.

Frédéric intentó sujetarla por el brazo pero ella lo rechazó. Se abalanzó hacia la puerta y se fue.

La llamada de Madeleine había creado una tensión entre ellos. Aunque no estuvieran de acuerdo, antes, al menos, podían hablar; ¿por qué Delphine había tenido una reacción tan brusca? Frédéric la siguió corriendo. En la calle, la buscó con la mirada; le sorprendió descubrirla tan lejos ya. Y eso que tenía la impresión de no haber tardado más de tres o cuatro segundos en tomar la decisión de alcanzarla. Cada vez percibía el tiempo de forma más distorsionada, como consecuencia del desfase entre su velocidad mental y la duración real del presente. Podía acontecer que se pasara un rato dándole vueltas a una frase para luego comprobar, estupefacto, que aquella fase de creación había durado dos horas. Estaba perdiendo el contacto con la vida cotidiana, y esa sensación se incrementaba a medida que se acercaba al final de su novela. Se le estaba haciendo tan largo y tan duro que había escrito los últimos capítulos con el cerebro nebuloso. *El hombre que dice la verdad* pronto estaría terminada.

Echó a correr detrás de Delphine. En plena calle, delante de muchos testigos, la agarró del brazo.

—¡Suéltame! —gritó ella.

—No, vuelve a casa. Qué va a ser esto. Podemos hablar las cosas sin llegar a estos extremos.

—Ya sé lo que vas a decirme, y no estoy de acuerdo.

—Nunca te había visto así. ¿Qué está pasando?

—...

—¿Delphine? Contéstame.

—...

—¿Has conocido a otro?

—No.

—Entonces, ¿qué pasa?

—Estoy embarazada.

Novena parte

1.

Tras colgar el teléfono después de hablar con Delphine, Madeleine le enseñó el contrato a Rouche. En efecto, le correspondía un diez por ciento en concepto de derechos de autor, que le reportaría una suma no despreciable. Así pues, el editor creía que Pick había escrito la novela. A lo largo de la conversación, Madeleine y Joséphine reconocieron que habían dejado que las sedujera esa idea algo absurda. Se la habían creído, pero, en su fuero interno, aquella historia siempre les había parecido inverosímil.

—¿Y entonces?, ¿quién escribió el libro? —preguntó Joséphine.

—Sospecho de alguien —confesó Rouche.

—¡Pues cuéntenoslo! —lo apremió Madeleine.

—De acuerdo, les voy a contar lo que yo creo, pero antes ¿podría servirme un poco más de ese té al caramelo tan rico?

—...

2.

Cuando todo el mundo empezó a hablar del fenómeno Pick, a varios periodistas les llamó la atención el destino de ese libro que habían rechazado los editores. Intentaron saber quién no había querido publicar *Las últimas horas de una historia de amor*. A lo mejor encontraban el informe de lectura que justificaba el rechazo... Por supuesto, seguía siendo válida la hipótesis de que Pick no le hubiera enviado a nadie la novela. Que la hubiera escrito sin enseñársela a nadie hasta el día en que el azar quiso que abrieran una biblioteca para libros rechazados al lado de su casa. Y que entonces se hubiera resuelto a buscarle un refugio al texto. Se hicieron lenguas de las virtudes de un hombre que nunca había querido brillar, y era una hipótesis plausible. Aun así, había que comprobar si había enviado la novela a las editoriales. Y ahí se perdía el rastro.

A decir verdad, la mayoría de las editoriales no conservaban ningún archivo de las novelas que habían rechazado; excepto Julliard, el famoso editor que había publicado *Buenos días, tristeza* de Françoise Sagan. En el sótano tenía la lista de todos los libros que había recibido durante más de cincuenta años; decenas de registros con columnas de nombres y títulos. Muchos periódicos mandaron allí a los becarios a bucear en la lista impredecible de todos los libros rechazados. Pick no aparecía. Pero Rouche, dejándose guiar por la intuición, había buscado otro nombre: el de Gourvec. ¿Habría escrito, precisamente él, un libro que nadie quiso? Su empeño en crear el proyecto de una biblioteca para rechazados quizá tuviera una connotación personal. Así lo creía Rouche, y encontró las pruebas: en 1962, 1974 y 1976, en tres ocasiones, Gourvec intentó publicar una novela y se la envió a varios editores, entre ellos

Julliard. Todos le dijeron que no. Aquellos fracasos debieron de dolerle mucho, pues luego ya no había ni rastro de él. Había renunciado a publicar.

Cuando Rouche descubrió el rastro de la novela que había rechazado Julliard, buscó información sobre los herederos de Gourvec. Ni hijos ni bienes materiales, no había dejado nada tras de sí. Nadie sabría nunca que había escrito. Seguramente se deshizo de todos sus manuscritos; de todos menos de uno. Eso era lo que se imaginaba Rouche. Cuando creó la biblioteca, Gourvec decidió colarse en los estantes; por supuesto, quedaba totalmente descartado que firmase con su nombre. Así que eligió a la persona más anodina del pueblo para que lo representara: Henri Pick. Era una elección simbólica, una forma de materializar su texto mediante el poder de la sombra. En opinión de Rouche, eso es lo que tenía que haber pasado.

Todo el mundo sabía que Gourvec iba regalando libros a diestro y siniestro: era muy posible, pues, que un buen día le diera *Eugenio Oneguin* a Henri. Al pizzero, que no estaba acostumbrado a que le regalaran libros, le conmovió el detalle y conservó la novela toda su vida. Como no tenía costumbre de leer, no la abrió, y por tanto no pudo ver que había algunas frases subrayadas.

> *Aquel que vive razonando*
> *termina por sentir desprecio*
> *en su alma hacia los humanos;*
> *aquel que vive atormentado*
> *por el fantasma de lo ido*

no alimenta ilusiones,
por los recuerdos abrumado;
imprime esto a menudo
un gran encanto a las charlas.

Esas frases podían evocar el final de un sueño literario. A cualquiera que escriba le late el corazón. Cuando se quiebra la esperanza, queda la amargura de lo inconcluso o, aún mejor: el fantasma de lo ido.

Antes de lanzarse tras la pista de Gourvec, Rouche había decidido empezar la investigación buscando la prueba de que Pick no era el autor del libro. Era la etapa inicial e indispensable. Fue a Rennes, donde encontró la carta. Y ahora estaba en Crozon, en casa de los Pick, explicándoles lo que opinaba. Le sorprendió que madre e hija secundaran su hipótesis sin mayor dificultad. Aunque había que tener en cuenta otro factor: para ambas, la publicación había tenido consecuencias desagradables e incluso dramáticas. Les apetecía volver a su vida de antes y casi las aliviaba pensar que Henri no había escrito ninguna novela. Más adelante, Joséphine iba a caer en la cuenta de que semejante revelación podría impedirles cobrar los derechos de autor de la novela; pero en ese preciso instante solo importaba el aspecto emocional.

—¿Así que usted cree que el que escribió la novela de mi marido fue Gourvec? —preguntó Madeleine.
—Sí.
—¿Cómo piensa demostrarlo? —añadió Joséphine.
—Como ya les he contado, de momento solo tengo hipótesis. Y Gourvec no dejó nada después de morir,

ni manuscritos ni confidencias sobre su pasión por la escritura. Gourvec hablaba muy poco de sí mismo, ya lo dijo Magali en la entrevista.

—Todos los bretones son así. Aquí no tenemos charlatanes. No ha elegido una buena región para investigar —rio Madeleine.

—Sí, está claro. Pero tengo la sensación de que en esta historia queda algo por entender. Algo que se me escapa.

—¿El qué?

—Cuando pregunté por Gourvec en el ayuntamiento, la secretaria se puso colorada. Y luego, estuvo muy fría.

—¿Y qué?

—Se me ocurrió que se habría liado con Gourvec y que la cosa debió de acabar mal.

—Como con su mujer —añadió Madeleine, sin saber que esa respuesta iba a cambiar el curso de los acontecimientos.

3.

Era ya muy tarde, y aunque Rouche quería seguir hablando y, sobre todo, hacerle preguntas a Madeleine sobre lo que sabía de la mujer de Gourvec, se daba cuenta de que era mejor aplazar la conversación hasta el día siguiente. Al igual que le había sucedido en Rennes, se había dejado llevar por las emociones inmediatas y no había previsto dónde iba a dormir. Y esta vez, ni siquiera tenía coche. Por delicadeza, les preguntó a sus anfitrionas si sabían de algún hotel por allí cerca, pero eran casi las doce de la noche y ya estaba todo cerrado. Era obvio que iba a pasar la noche allí, aunque le daba apuro no haber sido previsor e imponer su presencia de forma tan poco elegante.

Madeleine lo tranquilizó diciéndole que sería un placer.

—El único problema es que el sofá cama está peor que mal. No se lo recomiendo. Solo queda el cuarto de mi hija, que tiene dos camas.

—¿En mi cuarto? —repitió Joséphine.

—Puedo dormir en el sofá. Mi espalda ya me odia y la cosa no va a ir a peor por eso, no se preocupe.

—No, mejor con Joséphine —insistió Madeleine, que parecía haberle cogido mucho cariño a Rouche. Le gustaba el niño que aún veía en él.

Joséphine llevó a Rouche a su cuarto, donde había dos camas gemelas. Era su cuarto de niña, intacto, aún con la disposición para cuando invitaba a alguna amiga a dormir. Entre ambas camas había una mesilla con una lámpara de pantalla naranja. En ese escenario resultaba fácil imaginarse a las niñas charlando durante parte de la noche, haciéndose confidencias. Ahora, se trataba de dos adultos de la misma edad, cada uno metido en su lecho solitario, como dos rectas paralelas. Empezaron a hablar de sus vidas respectivas, y la conversación duró un rato.

Cuando Joséphine apagó la luz, Rouche descubrió que el techo estaba cuajado de estrellas luminosas.

4.

Se despertaron casi al mismo tiempo. Joséphine aprovechó la penumbra para meterse discretamente en el cuarto de baño. Rouche pensó que hacía mucho tiempo que no dormía tan bien; seguramente por efecto de las horas de cansancio acumuladas en los últimos días junto con la tranquilidad que reinaba en esa casa. Notó en su fuero interno algo distinto, aunque no era capaz de definirlo. A decir verdad, se sentía más liviano que el día anterior, como si le hubieran quitado un peso de encima. Seguramente el peso de la ruptura con Brigitte. Por mucho que se racionalicen las cosas, siempre es el cuerpo el que decide cuánto tardan en cicatrizar las heridas afectivas. Aquella mañana, al abrir los ojos, Rouche podía volver a respirar. El sufrimiento acababa de irse.

5.

Mientras desayunaban, Madeleine estuvo recordando a la mujer de Gourvec. No se quedó mucho tiempo en Crozon, pero llegó a conocerla bastante. Por un motivo muy sencillo: Marina, que así se llamaba, estuvo ayudando a servir mesas en la pizzería de los Pick.

—Fue durante mi embarazo —precisó Madeleine con un tono neutro que no permitía adivinar el drama que ocultaban esas palabras*.

---

* El primer hijo de Madeleine había muerto en el parto, unos años antes de que naciera Joséphine.

—¿La mujer de Gourvec trabajó con su marido?

—Sí, durante dos o tres semanas, y luego se fue. Dejó a Jean-Pierre y volvió a París, creo. Luego, no volvimos a saber nada de ella.

Rouche estaba perplejo; creía que Gourvec había puesto el nombre de Pick en el manuscrito por casualidad, para no tener que inventarse un seudónimo. Y ahora descubría que existía un lazo entre los dos.

—Entonces ¿su marido trató con ella más que usted? —prosiguió.

—¿Por qué?

—Porque acaba de decir que estaba embarazada y que la sustituyó.

—Yo no podía seguir sirviendo mesas, pero estaba allí casi todos los días. Y Marina hablaba sobre todo conmigo.

—¿Y qué le decía?

—Era una mujer un poco frágil, que tenía la esperanza de haber encontrado por fin un sitio donde ser feliz. Decía que era duro ser alemana en Francia durante los años cincuenta.

—¿Era alemana?

—Sí, pero no se notaba en realidad. Creo incluso que la gente no lo sabía. Yo sí, porque me lo había dicho. Se notaba que estaba muy quemada. Pero no sé mucho más. No me acuerdo bien.

—¿Y cómo vino a parar aquí?

—Ella y Gourvec empezaron teniendo una relación epistolar. Por entonces era muy habitual. Me dijo que Gourvec le había escrito unas cartas preciosas. Así que decidió casarse con él y venirse a vivir aquí.

—Así que escribía cartas preciosas —repitió Rouche—. Habría que localizar a esa mujer y recuperarlas. Sería de vital importancia...

—¿Tan importante es para usted demostrar que mi padre no escribió ese libro? —le interrumpió Joséphine con un tono tajante que cayó como un jarro de agua fría sobre el entusiasmo de Rouche.

No supo qué responder. Al cabo de un rato, balbució que le obsesionaba saber quién había escrito esa novela. Era difícil de explicar. Después de lo que le había tocado vivir profesionalmente, se sentía vacío del todo. Había intentado disimular, sonreír a veces, estrecharle la mano a relaciones de antaño, pero era como si la muerte se fuera apropiando paulatinamente de su cuerpo. Hasta el momento en que ese asunto lo espabiló de forma irracional. Estaba convencido de que había algo esperándolo al final de aquella aventura, algo determinante para su supervivencia. Por ese motivo quería pruebas, aunque todo encajase con la hipótesis de Gourvec. A ambas mujeres les sorprendió este monólogo, pero Joséphine continuó:

—¿Y qué va a hacer con las pruebas esas?

—No lo sé —contestó Rouche.

—Escucha, cariño —intervino Madeleine—, para nosotras también es importante saberlo. Si hasta he salido en la tele para hablar de la novela de tu padre. Así que me gustaría mucho saber la verdad antes de morirme.

—No digas eso, mamá —dijo Joséphine cogiéndole la mano a su madre.

Rouche no podía saberlo, pero en los últimos años ese gesto de Joséphine había sido cada vez menos frecuente. Igual que el hecho de que Madeleine la llamara «cariño». Contra todo pronóstico, los recientes acontecimientos las habían unido indisolublemente. Las habían catapultado juntas bajo los focos mediáticos, cuya luz tiene a menudo consecuencias paradójicas, afortunadas a la par que decepcionantes, embriagadoras e insoportables. Joséphine acabó dándole la razón a su madre. Quizá Rouche encontrara esa verdad que necesitaban para sosegarse. El periodista iría en busca de Marina, que seguramente podría confirmar que era Gourvec quien se escondía detrás de *Las últimas horas de una historia de amor.* Y también descubriría por qué se habían separado de forma tan brusca a las pocas semanas de haberse casado.

6.

A primera hora de la tarde, Joséphine llevó a Rouche en coche hasta Rennes, donde iba a coger el tren de París. Ella, por su parte, volvería a trabajar al día siguiente, después de varios días de pausa.

7.

Desde que rompió con Brigitte, Rouche había vuelto a vivir en su buhardilla. Aquel domingo por la noche, a pesar de estar solo en un cuartito mínimo, con cincuenta años y problemas de dinero, se sentía feliz. La felicidad es un dato relativo; si unos años antes le hubieran enseñado esa visión de su futuro, le habría espantado. Pero después de haber pasado por situaciones desagradables y rechazos, su cuchitril le parecía un paraíso.

Antes de marcharse le había pedido un favor a Madeleine: que fuera al ayuntamiento el lunes por la mañana para consultar el registro de matrimonios. Ella, efectivamente, solo había conocido a Marina con el apellido Gourvec. Después de salir huyendo, probablemente habría recuperado su apellido de soltera. En internet, Rouche no había encontrado ni rastro de ninguna Marina Gourvec.

Madeleine se topó con la misma mujer que Rouche había visto dos días antes. Le explicó la gestión que quería hacer y la empleada contestó:

—Pero ¿qué manía les ha entrado a todos con Gourvec últimamente?

—Ninguna. Es solo que conocí a su mujer y me apetecía volver a verla.

—¿Ah, sí? ¿Estuvo casado? Ahora me entero. Creía que no estaba dispuesto a comprometerse.

Martine Paimpec hilvanó varias frases sobre el bibliotecario que no dejaban lugar a duda: se habían conocido más que bien. Sin que nadie le preguntara nada, acabó por explayarse y abrir su corazón lleno de pesares. A Madeleine no le sorprendió: Gourvec tenía fama de vivir con sus libros y de no querer nada ni a nadie más. Intentó consolarla:

—Usted no tiene la culpa. Yo creo que hay que desconfiar de la gente a quien le gustan los libros. Yo, por lo menos, con Henri no tenía de qué preocuparme.

—Pero si escribió un libro...

—No es seguro. Puede incluso que fuera Gourvec quien lo escribió. Así que, francamente, un escritor capaz de firmar un libro con el nombre de mi marido... ¡tenía que estar fatal! No es para echarlo de menos.

—...

Martine se preguntó si aquellas palabras le aportaban algún consuelo; al fin y al cabo, Gourvec había muerto hacía mucho tiempo y ella seguía queriéndolo.

*

Al cabo de un rato, fue a buscar la información que le habían solicitado y encontró el apellido de soltera de Marina: Brücke.

*

Dos horas después, Rouche estaba contorsionándose en un rincón de su cuarto para conseguir conectarse a la wi-fi. Se la gorroneaba al vecino del tercero, pero solo tenía cobertura en un perímetro muy limitado, si se quedaba pegado a la pared. No tardó en encontrar pistas sobre varias Marina Brücke, pero la mayoría eran perfiles de Facebook cuyas fotos mostraban rostros demasiado jóvenes. Por fin, localizó un enlace al libreto de un disco, en el que se podía leer la siguiente dedicatoria:

A Marina, mi madre.
Para que pueda mirarme.

El motor de búsqueda había relacionado los términos Marina y Brücke en esa página. El disco en cuestión era de un joven pianista, Hugo Brücke, que había grabado las *Melodías húngaras* de Schubert. A Rouche le sonaba vagamente ese nombre; hubo una época en que le gustaba asistir a recitales e ir a la ópera. Pensó que hacía mucho tiempo que no escuchaba música y que tampoco lo añoraba demasiado. Buscó más datos sobre Brücke hasta descubrir que al día siguiente iba a dar un concierto en París.

8.

Aforo completo, no había podido conseguir una entrada. Estaba esperando en un callejón, por donde se suponía que iba a salir el artista. A poca distancia había una mujer muy menuda y de edad incierta que se le acercó:

—¿A usted también le gusta Hugo Brücke?

—Sí.

—He asistido a todos sus conciertos. El año pasado, en Colonia, estuvo divino.

—¿Y por qué no ha ido esta noche? —preguntó Rouche.

—Nunca compro entrada cuando toca en París. Por principio.

—¿Y eso por qué?

—Porque vive aquí. Y eso no es bueno. Hugo no toca igual en su propia ciudad. Cuando viaja, la cosa cambia. Lo tengo comprobado. Es una diferencia ínfima, pero yo la noto. Y él lo sabe muy bien, porque soy su mayor admiradora. Después de cada concierto, me hago una foto con él, pero cuando toca en París lo espero directamente a la salida.

—¿Así que le parece que toca peor en París?

—No he dicho «peor». Simplemente, es distinto. Es cuestión de intensidad. Y sí, se lo he dicho, y está muy intrigado. Hay que tener su música muy interiorizada para darse cuenta.

—Qué curioso. ¿Y dice usted que es su mayor admiradora?

—Sí.

—Seguramente sabrá que le ha dedicado su último disco a Marina...

—Claro, es su madre.

—Con un deseo un poco enigmático: «Para que pueda mirarme».

—Precioso.

—¿Es que ha muerto?

—No, qué va. A veces viene a verlo, bueno, a oírlo. Es ciega.

—Ah...

—Tienen un vínculo estrechísimo. Él va a verla casi todos los días.

—¿Dónde vive?

—En una residencia, en Montmartre. Se llama La Lumière. Su hijo le eligió una habitación con vistas al Sacré-Cœur.

—Pero si me ha dicho que era ciega.

—¿Y qué? No solo se ve con los ojos —concluyó la mujercita.

Rouche la miró intentando dedicarle una sonrisa, pero no pudo. Ella quiso preguntarle por qué le hacía tantas preguntas, pero no lo hizo. Como el periodista ya tenía toda la información que necesitaba, le dio las gracias y se marchó.

Al cabo de unos minutos, Hugo Brücke salió y, una vez más, accedió a hacerse una foto con su mayor admiradora.

9.

Al día siguiente, Rouche entró con el corazón palpitante en la residencia llamada La Lumière. Le pareció que era un nombre muy simbólico para concluir una investigación. En la recepción, una mujer le preguntó por qué estaba allí y él le explicó que quería ver a Marina Brücke.

—¿Quiere decir Marina Gourvec?

—Esto..., sí.

—¿Es usted de la familia? —preguntó la mujer.

—No, no exactamente. Soy amigo de su marido.

—No está casada.

—Lo estuvo, hace mucho tiempo. Dígale solo que soy amigo de Jean-Pierre Gourvec.

Mientras la mujer subía a avisar a Marina, Rouche esperó en mitad de una sala grande, donde se cruzó con varios ancianos. Cuando le pasaban por delante, lo saludaban con un gestito. Le dio la impresión de que no lo trataban como a un visitante sino más bien como a un nuevo residente.

La mujer de la recepción volvió y se ofreció a acompañarlo hasta la habitación. Cuando llegaron, vio a Marina de espaldas. Estaba sentada de cara a la ventana, desde la que, en efecto, se veía el Sacré-Cœur. La anciana giró la silla de ruedas para estar cara a cara con el visitante.

—Buenos días, señora —susurró Rouche.

—Buenos días, caballero. Puede dejar usted el abrigo encima de la cama.

—Gracias.

—Debería comprarse otro.

—¿Qué?

—La gabardina. Está muy raída.

—Pero... ¿cómo puede...? —balbució Rouche, incrédulo.

—Tranquilo, es una broma.

—¿Una broma?

—Sí. Roselyne, la recepcionista, me cuenta siempre algún dato sobre las personas que vienen a verme. Es un juego entre ella y yo, para divertirnos. Esta vez me ha dicho: «Lleva una gabardina raidísima».

—Ah... Sí. En efecto. Da un poco de miedo, pero tiene gracia.

—¿Así que es usted amigo de Jean-Pierre?

—Sí.

—¿Qué tal le va?

—Siento ser yo quien se lo diga pero... falleció hace ya varios años.

Marina no contestó. Daba la impresión de que ni siquiera se le había ocurrido aquella hipótesis. Para ella, Gourvec siempre sería un veinteañero, nunca un hombre que podía envejecer ni mucho menos morir.

—¿Para qué quería verme? —preguntó entonces Marina.

—Lo último que quiero es molestarla, pero me gustaría reconstruir algunos elementos de su vida.

—¿Con qué fin?

—Creó una biblioteca un poco peculiar y me gustaría hacerle algunas preguntas sobre su pasado.

—¿No se supone que eran amigos?

—...

—Por lo demás, no era muy hablador. Recuerdo que pasábamos mucho tiempo en silencio. Bueno, ¿qué es lo que quiere saber?

—¿Solo se quedó unas semanas con él antes de volver a París? Sin embargo, estaban recién casados. En Crozon nadie sabe por qué se marchó usted.

—Ah, sí, nadie... Imagino que se lo preguntarían. Y Jean-Pierre no dijo nada, tampoco me sorprende. Todo eso queda ya muy lejos. Así que voy a decirle la verdad: en realidad, no éramos pareja.

—¿Que no eran pareja? No lo entiendo. Creía que se habían escrito cartas de amor.

—Eso fue lo que le contamos a todo el mundo. Pero Jean-Pierre nunca me envió ni siquiera una nota.

—...

Rouche se había imaginado las cartas apasionadas como tantas otras pruebas de lo que esperaba demostrar. Se llevó un chasco con esa información, aunque en el fondo no cambiaba nada. Todo seguía encajando y él seguía convencido de que Gourvec era el autor de la novela.

—¿Ni una carta? —continuó—. Pero entonces ¿escribía algo?

—¿Algo como qué?

—¿Novelas?

—No que yo recuerde. Le encantaba leer, eso sí. Todo el rato. Se pasaba veladas enteras leyendo. Y farfullaba mientras leía, vivía la literatura. A mí me gustaba escuchar música, mientras que él veneraba el silencio. Eso nos hacía incompatibles.

—¿Y por eso se marchó usted?

—No, en absoluto.

—Entonces ¿por qué? ¿Y qué quiere decir con eso de que no eran pareja?

—No sé si debería contarle mi vida. Ni siquiera sé quién es usted.

—Soy alguien que cree que su marido escribió una novela después de separarse de usted.

—¿Una novela? No lo comprendo muy bien. Me acaba de preguntar si Jean-Pierre escribía y resulta que parece que ya lo sabe. Este asunto suyo es muy complicado.

—Por eso necesito que me ayude a entenderlo.

Rouche pronunció estas palabras con intensa emoción, como cada vez que llegaba al meollo de la investigación. Marina había desarrollado la capacidad de oír las intenciones más íntimas y auténticas, y tuvo que admitir que aquel visitante albergaba una esperanza muy intensa. Decidió, pues, contarle lo que sabía; y lo que sabía era la historia de su vida.

10.

Marina Brücke había nacido en 1929 en Alemania, en Düsseldorf. La habían educado para que profesara un amor desmesurado a su patria y al canciller. Pasó los años que duró la guerra en una burbuja dorada y feliz, rodeada de niñeras que sustituían a sus padres. Estaban poco en casa porque asistían a recepciones, viajaban y soñaban. Cada vez que volvían, a Marina le parecía el paraíso; jugaba con su madre y escuchaba los consejos de su padre sobre cómo debía comportarse. Su presencia era esporádica pero valiosísima, y todas las noches Marina se dormía con la esperanza de recibir un beso de sus padres para la travesía de la noche. Pero la actitud de estos cambió radicalmente: de pronto, parecían preocupados. Ahora se cruzaban con su hija sin hacerle ni caso. Se volvieron irascibles, violentos, perdidos. En 1945 decidieron huir de Alemania, dejando a Marina, que entonces tenía dieciséis años, a cargo de quien tuviera a bien ocuparse de ella.

Marina acabó en un internado que regentaban unas monjas francesas; las normas del convento eran estrictas, pero no más que las que ya conocía. No tardó en hablar un francés impecable, y puso todo su empeño en eliminar el mínimo acento que traicionara su origen. A retazos, fue descubriendo la personalidad de sus padres y las atrocidades que habían cometido; ahora, después de que los acorralaran como a perros y los detuvieran, cumplían pena de cárcel en las afueras de Berlín. Marina comprendió que era fruto del amor de dos monstruos. Peor aún, que habían intentado atiborrarle la cabeza de ignominias, y se sentía sucia por haber dejado que se posesionaran de ella semejantes ideas. Le daba asco haber sido una niña. El entorno del convento le brindó la ocasión de anular su personalidad en una relación orientada a Dios. Se levantaba al alba, se dirigía a un poder superior, recitaba de memoria las oraciones, pero sabía la verdad: la vida no eran más que tinieblas.

Cuando cumplió la mayoría de edad, decidió quedarse en el convento. A decir verdad, no sabía adónde ir. No quería tomar el hábito; la dejarían quedarse hasta que supiera a qué dedicar su vida. Así fueron pasando los años. En 1952, indultaron a sus padres en nombre de la reconstrucción del país. Enseguida fueron a ver a su hija. No la reconocieron, se había convertido en mujer; ella no los reconoció, se habían convertido en sombras. No quiso oírles lamentar lo que habían hecho y se fue corriendo. Y así aprovechó para abandonar el convento definitivamente.

Marina se propuso ir a París, una ciudad que las monjas le habían descrito maravilladas y con la que siempre había soñado. Cuando llegó, acudió a las oficinas de una asociación franco-alemana de la que le habían hablado. Una organización modesta que hacía lo que buenamente podía para fomentar el vínculo entre ambos pueblos y ofrecía ayudas. Patrick, uno de los voluntarios, tomó a la joven bajo su protección. Le encontró un trabajo en un gran restaurante; se encargaría del guardarropa. Todo iba muy bien hasta el día en que el dueño descubrió que era alemana; enseguida le dijo que era una «boche asquerosa» y la despidió sin miramientos. Patrick trató de que el dueño se disculpara, pero solo consiguió enfurecerlo: «¿Y mis padres? ¿Se han disculpado ellos por mis padres?». Esa actitud no era infrecuente. La guerra había terminado hacía solo siete años. Vivir en París sin que te relacionaran constantemente con la barbarie resultaba complicado. Pero Marina ni siquiera se planteaba volver a Alemania. Patrick le sugirió entonces: «Deberías casarte con un francés, y así se solucionaría el problema. No tienes ningún acento. Con documentación, serás una francesita perfecta». Marina admitió que era una buena idea, pero no se le ocurría con quién podría casarse; no tenía ningún hombre en su vida; en realidad, en su vida nunca había habido ningún hombre.

Patrick no podía ofrecerse porque estaba comprometido con Mireille, una pelirroja alta que murió ocho años después en un accidente de coche. Pero se acordó de Jean-Pierre. Jean-Pierre Gourvec. Un bretón al que había conocido en el servicio militar. Un tío bastante suyo, más bien introvertido, que seguía soltero, un bicho raro que se pasaba la vida entre libros —el tipo de persona que acepta tratos así—. Le envió una carta exponiéndole la situación y Gourvec no tardó ni diez minutos en decir que sí. Tal y como su amigo del servicio militar había previsto, era una tentación demasiado grande: casarse con una alemana desconocida resultaba de lo más novelesco.

Cerraron el acuerdo. Marina iría a Crozon, se casarían, pasarían juntos una temporada y ella se marcharía cuando le apeteciera. Si alguien preguntaba, le dirían que se habían conocido a través de los anuncios por palabras y se habían enamorado escribiéndose cartas. Al principio, Marina se preocupó. Era demasiado fácil para ser verdad; ¿qué querría ese hombre a cambio de casarse? ¿Acostarse con ella? ¿Tenerla de criada?

Cruzó Francia en dirección oeste con mucha aprensión. Gourvec la recibió sin hacerle demasiado caso, y ella enseguida comprendió que no había de qué tener miedo. Le pareció encantador y tímido. A él, por su parte, Marina le pareció guapísima. Ni siquiera se había preguntado cómo sería físicamente; iba a casarse con una desconocida sin haber pedido siquiera que se la describieran. Al fin y al cabo, eso no contaba: era un matrimonio blanco. Pero la belleza de esa mujer lo acogotó.

Marina se instaló en el pisito de Gourvec, que le pareció deprimente y demasiado abarrotado de libros. Le daba la impresión de que las estanterías eran muy endebles. No quería morir sepultada por las obras completas de Dostoievski, confesó. Esa observación hizo reír a Gourvec, que rara vez reaccionaba así. El jovencísimo bibliotecario les comunicó a sus dos primos hermanos (la única familia que le quedaba) que iba a casarse. El alcalde les pidió a ambos que se dieran el sí, cosa que hicieron echándole un poco de teatro, pero como el blanco no deja de ser un color, los dos notaron que, inesperadamente, les daba un respingo el corazón.

11.

Los recién casados empezaron su vida en común. Marina no tardó en dar señales de aburrimiento. Gourvec, que era cliente de la pizzería de los Pick, se había fijado en que Madeleine estaba embarazada; le propuso que su mujer le echara una mano y así fue como Marina estuvo trabajando de camarera durante varias semanas. Al igual que Gourvec, Pick no era muy hablador; afortunadamente, la chica podía charlar un poco con su mujer. Le confesó bastante pronto que era alemana. A Madeleine le sorprendió porque no se le notaba nada el acento, pero lo que más le llamaba la atención entonces era el aspecto alicaído de la recién casada; daba la impresión de que había perdido la ilusión por ir a vivir a Finisterre. La mirada le cambiaba cuando hablaba de París, de los museos, los cafés, los clubes de jazz. No era difícil adivinar que no iba a tardar en irse; sin embargo, siempre hablaba de Gourvec con palabras cargadas de ternura: era la primera vez que trataba con un hombre tan afectuoso.

Era cierto. Sin caer en la extravagancia, Gourvec tenía infinitos detalles con su mujer. Le cedió su dormitorio y él dormía en el sofá. Le hacía la cena a menudo e intentaba iniciarla en las delicias del marisco. Al cabo de unos días, a Marina le empezaron a chiflar las ostras, aunque antes estuviera convencida de que las odiaba. Puede una cambiar en cualquier momento y ni siquiera los gustos son irrevocables. Uno de los secretos de Gourvec era que le gustaba mirar a Marina mientras dormía; le maravillaba ese aspecto de niña buena al amparo de sus sueños. Marina, por su parte, de vez en cuando abría algún libro que Gourvec había dicho que le gustaba; quería reunirse con él en su mundo, tratar de darle un poco de realidad a su vida en común. No entendía por qué no intentaba seducirla; un día estuvo a punto de preguntarle: «¿Es que no te gusto?», pero no lo hizo. Su convivencia era un escenario donde actuaban dos fuerzas antagónicas: una atracción que crecía paulatinamente pero que reprimía una distancia siempre respetada.

Aunque solo pensaba en volver a París, Marina no pudo por menos que empezar a imaginarse cómo sería vivir siempre en Bretaña. Podría quedarse junto a ese hombre reconfortante, de carácter tan estable. Por fin podría olvidarse de sus temores, de la agotadora búsqueda del sosiego. Sin embargo, un día le comunicó que no iba a tardar en irse. Él contestó que era lo que estaba previsto. A Marina la sorprendió esa reacción, que le pareció fría y falta de cariño. Le hubiese gustado que le dijera que se quedase algo más de tiempo. Unas pocas palabras pueden cambiar un destino. Las palabras que Gourvec llevaba en lo más hondo de su ser pero que no fue capaz de pronunciar.

La última velada que pasaron juntos fue muy silenciosa; bebieron vino blanco y comieron marisco. Entre ostra y ostra, Gourvec, al menos, le preguntó:

—¿Y qué vas a hacer en París?

Marina contestó que no lo tenía muy claro. Se marchaba al día siguiente, pero en ese preciso instante no sabía nada más; veía su futuro tan borroso como una visión al despertarse.

—¿Y tú? —preguntó a su vez.

Gourvec mencionó la biblioteca que había que montar allí. Seguramente sería un trabajo de varios meses. Se separaron con esa educada conversación. Pero antes de irse a la cama se dieron un breve abrazo. Fue la primera y la última vez que se tocaron.

Al día siguiente, Marina se fue temprano, tras dejar una nota encima de la mesa: «Cuando esté en París, comeré ostras y pensaré en ti. Gracias por todo, Marina».

12.

Se quisieron sin atreverse a decirlo. Marina tuvo la esperanza de que Gourvec diera señales de vida. Pasaron los años y acabó sintiéndose plenamente francesa. A veces, añadía con una pizca de orgullo: «Soy bretona». Trabajó en el mundo de la moda, tuvo la suerte de cruzarse con el joven Yves Saint Laurent y se quemó las pestañas bordando durante horas los recargados corpiños de los vestidos de alta costura. Tuvo algunas aventuras, pero pasó más de diez años sin ninguna relación seria; más de una vez se le ocurrió volver con Gourvec, o al menos escribirle, pero pensó que seguramente viviría con otra mujer. En cualquier caso, nunca se había puesto en contacto con ella para arreglar los papeles del divorcio. ¿Cómo iba a imaginarse que Gourvec nunca había intimado con nadie después de que ella se fuera?

A mediados de la década de 1960 conoció por la calle a un italiano. Elegante, jugador, tenía el encanto de Marcello Mastroianni. Marina acababa de descubrir la película *La dolce vita* de Fellini, y ese encuentro fue como una señal. La vida podía ser bella. Alessandro trabajaba en un banco con sede en Milán pero con oficinas en París. Tenía que viajar a menudo de un país a otro. A Marina le gustaba la perspectiva de una vida en pareja episódica. Para ella, era una forma de iniciarse en el amor paulatinamente. Cada vez que Alessandro venía, salían, se divertían y reían. Se le antojaba un rey directamente salido de su reino. Hasta el día en que se quedó embarazada. Alessandro tenía que asumir sus responsabilidades y quedarse con ella en Francia, o bien ella podía irse con él. Alessandro le comunicó que pediría que lo trasladasen definitivamente a París y pareció loco de alegría porque iba a ser padre. «¡Además, estoy convencido de que va a ser chico! ¡Lo que siempre he soñado!». Y añadió: «Lo llamaremos Hugo, como mi abuelo». Marina pensó entonces en Gourvec: tenía que ponerse en contacto con él para divorciarse. Pero Alessandro estaba en contra de las convenciones de cualquier tipo, y el matrimonio le parecía una institución trasnochada. Así que Marina no dijo nada y se quedó contemplando cómo se le redondeaba el vientre y se llenaba de promesas.

La corazonada de Alessandro se cumplió. Marina trajo al mundo a un niño. Cuando se puso de parto, Alessandro estaba en Milán ultimando detalles prácticos para su nueva vida; en aquella época, los hombres no solían asistir a los partos; llegaría al día siguiente, seguramente cargado de regalos. Pero al día siguiente se presentó bajo otra apariencia; la de un telegrama: «Lo siento. Ya tengo una vida en Milán, con mi mujer y mis dos hijos. No olvides nunca que te quiero. A.».

Así pues, Marina crio sola a su hijo; sin familia y sin hombre. Y con la sensación de que la juzgaban constantemente. Las madres solteras estaban muy mal vistas en aquella época; la gente murmuraba a su paso. Pero poco le importaba. Hugo le inspiraba coraje y fuerza. El estrecho vínculo que tenían era su refugio contra todo. Al cabo de unos años empezó a ver cada vez peor; se puso gafas para remediarlo, pero el oftalmólogo se mostró muy pesimista. Las pruebas médicas demostraron que iba a perder paulatinamente la capacidad visual hasta quedarse ciega, algún día. Hugo, que entonces tenía dieciséis años, pensó: si mi madre ya no me ve, tendré que existir de alguna otra manera en su mente. Y así fue como empezó a tocar el piano: tendría una presencia musical.

Estudió con ahínco y consiguió el primer puesto en el examen de ingreso al Conservatorio, coincidiendo con el momento en que Marina se quedó completamente ciega. Como no podía trabajar, asistía a todos los ensayos y conciertos de su hijo. En los primeros tiempos de su carrera, Hugo había decidido usar el apellido Brücke como nombre artístico. Era una forma de aceptarse tal como era; era su historia, era la historia de su madre y suya, y les pertenecía. Brücke significa «puente» en alemán. Fue entonces cuando Marina se percató de que su existencia la componían varios trozos sueltos, sin una verdadera conexión, como islas unidas entre sí de forma artificial.

13.

A Rouche lo conmovió profundamente esta narración. Al cabo de un rato, afirmó:

—Yo creo que Jean-Pierre Gourvec la quería. Creo incluso que la quiso durante toda su vida.

—¿Por qué dice eso?

—Ya se lo he dicho: escribió una novela. Y ahora sé que esa novela se la inspiró usted, su partida, todas las palabras que él no supo decirle.

—¿De verdad lo cree?

—Sí.

—¿Y cómo se titula la novela?

—*Las últimas horas de una historia de amor.*

—Qué bonito.

—Sí.

—Me gustaría mucho leerla —añadió Marina.

Rouche volvió a la residencia de Marina las dos mañanas siguientes para leerle la novela de Gourvec. Lo hizo despacio. A veces, la anciana le pedía que repitiese algún fragmento. Y salpicaba la lectura con comentarios: «Sí, parece que lo estoy oyendo. Eso le pega tanto...». Y para la parte sensual, imaginaria, Marina supuso que había escrito lo que le hubiera gustado vivir. Ella, que llevaba tantos años sumida en la oscuridad, podía entender ese proceder mejor que nadie. Se inventaba historias constantemente, para vivir en cierto modo lo que no podía ver. Había desarrollado una vida paralela muy próxima, al fin y al cabo, a la de los novelistas.

—¿Y Pushkin? ¿Hablaron alguna vez de él? —preguntó Rouche.

—No. No me suena. Pero a Jean-Pierre le gustaban las biografías. Recuerdo que una vez me contó la vida de Dostoievski. Le gustaba saber cuál era el destino de los demás.

—Quizá por eso mezcló la realidad con la vida de un escritor.

—En cualquier caso, es precioso. Esa forma de contar la agonía... No podía imaginarme que escribiera tan bien.

—¿Nunca le habló de su deseo de escribir?

—No.

—...

—¿Y esta novela? ¿Qué pasó con ella?

—Gourvec intentó que se la publicasen, pero no lo consiguió. Yo creo que tenía la esperanza de volver con usted en forma de libro.

—Volver conmigo... —repitió Marina con sollozos en la voz.

A Rouche lo impresionó tanto la emoción de la anciana que decidió no contarle aún cómo se había publicado el libro. Por lo visto, Marina no había oído hablar de él. Era mejor dejar que asimilara las cosas de las que se acababa de enterar y la propia novela. Cuando Rouche se disponía a marcharse, Marina le pidió que se acercase. Le apretó la mano para darle las gracias.

Cuando se quedó sola, lloró un poco. Un puente más en su vida. Esa forma en que el pasado resurgía, después de tantas décadas de silencio. Se había pasado la vida convencida de que Jean-Pierre nunca la había querido; fue generoso, encantador, tierno, pero nunca le había demostrado mínimamente lo que sentía. Esa novela desvelaba su amor, que al final resultó ser tan intenso como para no querer nunca más a ninguna otra mujer. Ahora, Marina reconocía que ella había sentido lo mismo. De modo que aquello existió, y eso era quizá lo más importante. Sí, existió. Del mismo modo que los relatos luminosos que se inventaba en medio de su oscuridad. La vida tiene una dimensión interior, con historias que no se materializan en la realidad, pero que no por ello dejamos de vivir.

14.

Cuando decidió investigar aquella historia cuyo lado oscuro había intuido, Rouche nunca pensó que viviría tantas emociones. Pero aún le quedaba algo importante por hacer.

Se pasó gran parte de la tarde durmiendo en su estudio diminuto. Tuvo un sueño en el que Marina comía ostras gigantescas que se transformaban en Brigitte, que le gritaba por culpa del coche. Se despertó sobresaltado y vio que ya estaba anocheciendo. Se puso al ordenador e intentó organizar sus notas; todavía no sabía a qué periódico le iba a ofrecer el artículo, quizá al mejor postor, pero estaba convencido de que sus revelaciones conmocionarían al mundillo literario. Dicho lo cual, no tenía intención de cuestionar la buena fe de Grasset; quedaba claro que la editorial estaba sinceramente convencida de que Pick era el autor de la novela.

Cuando llevaba dos horas escribiendo, recibió un mensaje en el móvil: «Estoy en el café debajo de su casa. Le espero, Joséphine». Su primera reacción fue preguntarse cómo sabía ella su dirección, pero luego se acordó de que, sencillamente, él le había dicho dónde vivía la noche que se quedaron hablando. La segunda reacción fue pensar que podría no haber estado en casa a esas horas. No dejaba de ser sorprendente que alguien esperara a una persona al pie de su casa sin ni siquiera avisarla antes. Pero luego pensó: para Joséphine, soy esa clase de hombre que por las noches no tiene nada mejor que hacer que quedarse en casa. Tuvo que reconocer que no le faltaba razón.

Rouche contestó: «Ahora bajo». Pero tardó más de lo previsto. No sabía qué ropa ponerse. No es que quisiera impresionar a Joséphine, pero en cualquier caso no quería causarle mala impresión. Al principio, en las entrevistas, le había parecido tonta, pero cuando se encontró con ella en el cementerio cambió de opinión. Pensaba en todo aquello mientras estaba delante del armario, naufragando en su incapacidad para tomar una decisión. En ese momento recibió otro mensaje: «Baje con lo puesto, seguro que está bien».

15.

Joséphine y Rouche estaban tomando una copa de vino tinto. Rouche prefería la cerveza, pero al final decidió pedir lo mismo que ella. Mientras estaba liado con la ropa, le había dado por pensar que la mujer había ido hasta allí obedeciendo un impulso irresistible. Que tal vez iba a confesarle lo que sentía por él. No es que fuera la hipótesis más verosímil*, pero a esas alturas

---

* Hacía mucho tiempo que una mujer no conducía trescientos kilómetros para reunirse con él sin avisar; en realidad, no había sucedido nunca.

ya no se sorprendía de nada. Después de un rato de charla insustancial, que no obstante sirvió para que apearan el tratamiento, Joséphine acabó explicando qué la había llevado hasta allí:

—Me gustaría que no publicaras el artículo.

—¿Por qué me pides eso? Creía que tu madre y tú queríais que se supiera la verdad. Que estabais hartas de la historia esta.

—Sí, claro. Queríamos saber la verdad. Y gracias a ti ahora sabemos que mi padre no escribió ninguna novela. No puedes ni imaginarte el lío que teníamos con la historia esta. Teníamos la sensación de haber estado viviendo con un desconocido.

—Lo entiendo. Pero, precisamente, se restablecerá la verdad.

—Al contrario, todo el mundo volverá a la carga. Ya estoy oyendo a los periodistas: «¿Y cómo le ha sentado enterarse de que su padre no había escrito ninguna novela?». Va a ser el cuento de nunca acabar. Y me parece humillante para mi madre, que salió en la tele para hablar de la novela. Sería ridículo.

—No sé qué decirte. Pensaba que era importante contar la verdad.

—¿Y cuál va a ser la diferencia? A nadie le importa. Qué más da que sea Pick o Gourvec. A la gente le gustó lo de que fuera mi padre, eso es todo. Dejémoslo estar. Y además, traería problemas.

—¿Cuáles?

—Gourvec no tiene herederos. Grasset no nos pagaría los derechos de autor.

—Ah, así que es por eso.

—*También* es por eso. ¿Qué hay de malo? Pero te aseguro que, aunque hubiera menos dinero de por medio, te habría dicho lo mismo. He sufrido demasiado con todo este asunto, con las consecuencias que ha traído. No quiero que se siga hablando de él. Quiero pasar página. Ya está, eso es lo que te pido. Por favor.

—...

—...

—¿Sabes? Estuve con la mujer de Gourvec —prosiguió Rouche—. Pasamos juntos un rato muy intenso. Le leí la novela y comprendió que Gourvec la había querido de verdad.

—Pues ya está, tu misión era esa. Es maravilloso. Debes quedarte ahí.

—...

—Si quieres, te haré un buen regalo —dijo Joséphine con una amplia sonrisa para relajar el ambiente.

—¿Quieres comprar mi silencio?

—Sabes de sobra que es lo mejor para todos. Venga, ¿cuál es tu precio?

—Tengo que pensarlo.

—Dime algo.

—Tú.

—¿Yo? Ni lo sueñes. Soy demasiado cara. Tendrían que venderse muchos libros para aspirar a tenerme a mí.

—Pues entonces... un coche. ¿Me comprarías un Volvo?

Siguieron hablando hasta que se cerró el café. Rouche se había dejado convencer bastante rápido. Siempre pensó que esa investigación le cambiaría radicalmente la vida. Y era lo que estaba pasando, pero no como él esperaba. Joséphine y él se llevaban muy bien.

Ella le comunicó que no sabía dónde iba a dormir. Al igual que él, pertenecía a la secta de los no previsores en cuestiones de alojamiento. Subieron a casa de Rouche, a quien no le dio miedo qué iba a pensar una mujer de su apartamento. Se tumbaron el uno junto al otro, pero esta vez en la misma cama.

16.

Al día siguiente, Joséphine le propuso que se fuera con ella a Rennes. Al fin y al cabo, Rouche ya no pintaba nada en París. Allí podría empezar una nueva vida, quizá trabajar en una librería o escribir artículos para la prensa local. A él le gustaba la perspectiva de volver a empezar. Condujeron despacio por la autopista, oyendo música. Al cabo de un rato se pararon para tomar un café. Mientras se lo bebían, se dieron cuenta de que se habían enamorado. Tenían la misma edad y ya no trataban de aparentar nada. Las primeras horas de una historia de amor, pensó Rouche. Era maravilloso estar tomándose aquel café infumable en una estación de servicio lúgubre y considerar que no podía haber una circunstancia más hermosa.

Epílogo

1.

A Frédéric le gustaba apoyar la cabeza en el vientre de Delphine, con la esperanza de oír los latidos de un corazón. Aún era muy pronto. Ya estaban haciendo listas larguísimas de nombres. Les iba a costar mucho ponerse de acuerdo, así que el escritor le propuso un trato a su mujer:

—Si es chico, eliges el nombre tú. Y si es chica, lo elijo yo.

2.

Unos días después de pactar la elección del nombre, Frédéric anunció que por fin había terminado la novela. Hasta entonces no había querido enseñarle nada a su editora, porque prefería que descubriera el libro en su conjunto. Con cierta aprensión, Delphine agarró *El hombre que dice la verdad* y se encerró en el dormitorio; de donde salió, furiosa, apenas una hora más tarde.

—¡No puedes hacer eso!

—Pues claro que puedo. Es lo que estaba previsto.

—Pero ya lo habíamos hablado. Y estabas de acuerdo.

—He cambiado de opinión. Necesito que todo el mundo lo sepa. No puedo seguir callando.

—La cosa ha ido demasiado lejos. Sabes de sobra que lo perderíamos todo.

—Tú, puede; pero yo no.

—¿Y eso qué quiere decir? Somos dos. Tenemos que tomar las decisiones juntos.

—Para ti es muy fácil. Lo tienes todo.

—Te lo advierto, Frédéric. Como decidas publicar ese libro, abortaré.

—...

Frédéric se quedó sin voz. ¿Cómo se atreve? Jugarse la vida de su hijo para zanjar un desacuerdo. Era algo asqueroso. Delphine se dio cuenta de que se había pasado. Se acercó a Frédéric y se disculpó. Le pidió, más calmada, que se lo pensara bien. Él le prometió que así lo haría. En definitiva, gracias a ese intento de chantaje tan odioso, había entendido cuánto miedo le daba a Delphine perderlo todo. Y puede que no le faltara razón. La gente se tomaría a mal que hubiese manipulado así a todo el mundo. Peor aún: que hubiese convencido a una pobre anciana de que su marido había escrito una novela. Seguramente, estaba justificado que se enfadara. Pero tenía que pensar en sí mismo. Era algo legítimo. ¿Acaso no se había pasado meses tascando el freno? No paraba de pensar en el día en que todo el mundo se enterase de la verdad. Por fin sabrían todos que él era el autor de esa novela que iba en cabeza de las ventas. Siempre podrían alegar que lo que más le había gustado a la gente era la novela de la novela, aquel pizzero que escribía tan en secreto; quizá fuera cierto, pero sin su texto no habría ninguna novela. Y ahora, Delphine le pedía que se callara. Tenía que quedarse escondido detrás de su criatura.

3.

Todo había sucedido con toda naturalidad. Unos meses antes, Frédéric había ido por primera vez con Delphine a Crozon. Allí conoció a sus padres, tan agradables, descubrió los encantos de Bretaña y se pasó todas las mañanas escribiendo en el dormitorio. El título del borrador era *La cama*, pero nadie sabía en realidad de qué trataba. Frédéric siempre había preferido trabajar en secreto porque opinaba que divulgar una novela en curso era una forma de desperdigarla. Estaba terminando de escribir la historia de una pareja que se separa, con la agonía de Pushkin como telón de fondo. Estaba entusiasmado con esa idea, y tenía la esperanza de que esa segunda novela suya tuviera más éxito que la primera; pero era poco probable: a excepción de algunos escritores, que no eran necesariamente los mejores, ya nadie vendía libros.

Después de una conversación con los padres de Delphine, fue con ella a visitar la famosa biblioteca de los libros rechazados. Fue entonces cuando se le ocurrió fingir que su nueva novela había aparecido allí; sería un hallazgo de marketing excepcional. Y cuando hubiesen despegado las ventas, podría anunciar que el autor era él. Le contó el plan a Delphine, a quien enseguida le pareció genial. Aunque opinaba que había que atribuirle el manuscrito a un autor; no a un nombre inventado o a un seudónimo, sino a una persona real. Eso intrigaría a todo el mundo. El desarrollo de los acontecimientos le dio la razón en ese punto.

Fueron al cementerio de Crozon y eligieron a un muerto como autor del libro. Tras dudar un poco, optaron por Pick porque a ambos les gustaban escritores cuyo apellido incluía una K. Había muerto dos años antes y no podría rebatir el hecho de que le atribuyeran una novela. Pero habría que poner al tanto a los familiares y convencerlos de que firmaran un contrato. Haciéndolo así, nadie podría imaginar que se trataba de una superchería. A Frédéric pareció sorprenderle ese detalle, pero Delphine se lo explicó: «No cobrarás nada por ese libro, pero cuando todo el mundo sepa que lo has escrito tú se hablará mucho de ti, y eso repercutirá en tu siguiente novela. Pero más nos vale comprometernos a fondo en este asunto. Nadie más que nosotros dos puede saberlo».

Frédéric estuvo trabajando varios días para terminar la novela. Según él, cabía la posibilidad de que la madre de Delphine se hubiese topado con un borrador titulado *La cama*. Así que, por precaución, optó por usar otro título: *Las últimas horas de una historia de amor*. También cambió la tipografía del texto para usar una que se pareciera a la de una máquina de escribir. La pareja de jóvenes imprimió el texto e hizo lo posible por envejecer el papel y deteriorar el manuscrito. Cuando terminaron esa tarea, volvieron a la biblioteca con aquel tesoro y fingieron que lo encontraban allí.

Cuando vieron la primera reacción de Madeleine y lo mucho que le costaba creerse su historia, les pareció que resultaría útil crear una prueba. Así fue como, en su segunda visita, Frédéric escondió un libro de Pushkin entre las cosas de Henri Pick fingiendo que iba al baño. Visto y no visto. Pero nunca se imaginaron que el asunto despertaría tanto entusiasmo. Superó todas sus expectativas y, en cierto modo, quedaron atrapados en su propia trampa. Delphine lo comprendió después de que se emitiera el programa de François Busnel. A la audiencia le había conmovido tanto Madeleine que ya no podrían contar la verdad sin quedar como unos manipuladores odiosos. Eso era terrible para Frédéric, que tenía que ocultar que había escrito el libro más leído de Francia y conformarse con esa imagen de novelista que había publicado un solo libro, cuya existencia ni siquiera conocía una chica con la que había estado viviendo tres años. Harto de que Delphine siempre estuviera fuera y de que, a diferencia de él, acaparara los focos y la gloria de lo que habían tramado juntos, Frédéric se emperró en revelarlo todo en su nueva novela. Contaría, obviamente, los detalles de todo el asunto, pero también analizaría cómo la sociedad actual valora mucho más la forma que el fondo.

4.

Frédéric aceptó las disculpas de Delphine y reconoció que si revelaba la superchería, los pondría a ambos en peligro. Unos días después, al inicio de las vacaciones de verano, decidieron irse a Crozon.

Por las mañanas, Frédéric se quedaba en la cama para intentar escribir una nueva novela, pero le costaba mucho. A veces salía a pasear él solo, a la orilla del mar. En esos momentos le daba por pensar en los últimos días de Richard Brautigan en Bolinas, en la brumosa costa de California. El escritor estadounidense tenía cada vez menos éxito y, al percatarse de que su gloria declinaba, había caído en la bebida y en la paranoia. Estuvo varios días sin dar señales de vida a nadie, ni siquiera a su hija. Y acabó muriendo, solo. Cuando descubrieron su cuerpo, ya estaba en descomposición.

Durante aquella estancia, Frédéric decidió pasarse por la biblioteca de Crozon, donde había arrancado todo el asunto. Volvió a ver a Magali, a la que encontró distinta, aunque no habría sabido decir exactamente en qué había cambiado su aspecto. Puede que hubiese adelgazado. La bibliotecaria lo recibió con entusiasmo.

—¡Ah, hola, señor escritor!

—Hola.

—¿Qué tal está? ¿Ha venido de vacaciones?

—Sí. Y seguramente nos quedaremos varios meses. Delphine está embarazada.

—Enhorabuena. ¿Es niño o niña?

—Preferimos no saberlo.

—Entonces, será una sorpresa.

—Sí.

—¿Y ha escrito algún otro libro?

—Voy poquito a poco.

—Pues téngame informada. Lo pediremos para tenerlo aquí, por supuesto. ¿Me lo promete?

—Se lo prometo.

—Por cierto, ya que está en Crozon, ¿le apetecería impartir unos talleres de escritura?

—Pues..., pues no lo sé...

—Sería una vez por semana, no más. En la residencia de ancianos de aquí al lado. Se sentirían muy orgullosos de tener a un escritor como usted.

—Vale, voy a pensármelo.

—Sí, sería estupendo. Para ayudarles a escribir sus recuerdos.

—De acuerdo, ya veremos. Bueno, voy a dar una vuelta. Seguramente me llevaré algún libro.

—Será un placer —dijo Magali, sonriendo como si acabaran de echarle un piropo.

Mientras pensaba en la propuesta que acababan de hacerle, Frédéric se dirigió hacia las estanterías. Cuando aceptaron su primer manuscrito se imaginó a sí mismo rodeado de admiradoras y recogiendo premios literarios, puede que incluso el Goncourt o el Renaudot. También pensó que lo traducirían por todo el mundo y que viajaría a Asia o a América. Los lectores esperarían su siguiente novela con impaciencia y se codearía con otros grandes escritores; se le había ocurrido todo eso. Pero nunca se habría imaginado que acabaría ayudando a unos jubilados a escribir, en un pueblecito de la Bretaña profunda. Sorprendentemente, esa perspectiva le hizo sonreír. Estaba deseando contárselo a Delphine; le gustaba tanto estar junto a ella... E iba a ser padre. Y volvió a sentirse, con mayor intensidad aún, loco de alegría.

5.

Al cabo de unos minutos, sacó de la bolsa el manuscrito de *El hombre que dice la verdad* y lo colocó en la biblioteca de los libros rechazados.

Índice